エロゲの悪役に転生したので、モブになることにした

時雨もゆ

Illust. ういり

Hananoi Ayame
花野井 綾芽
私だけは私のこと見てるから、
私の嫌いな私じゃないままで
いようって思って

学校一の美少女で、高嶺の花ヒロイン。
クールに見えるが本当は人見知りで
引っ込み思案。

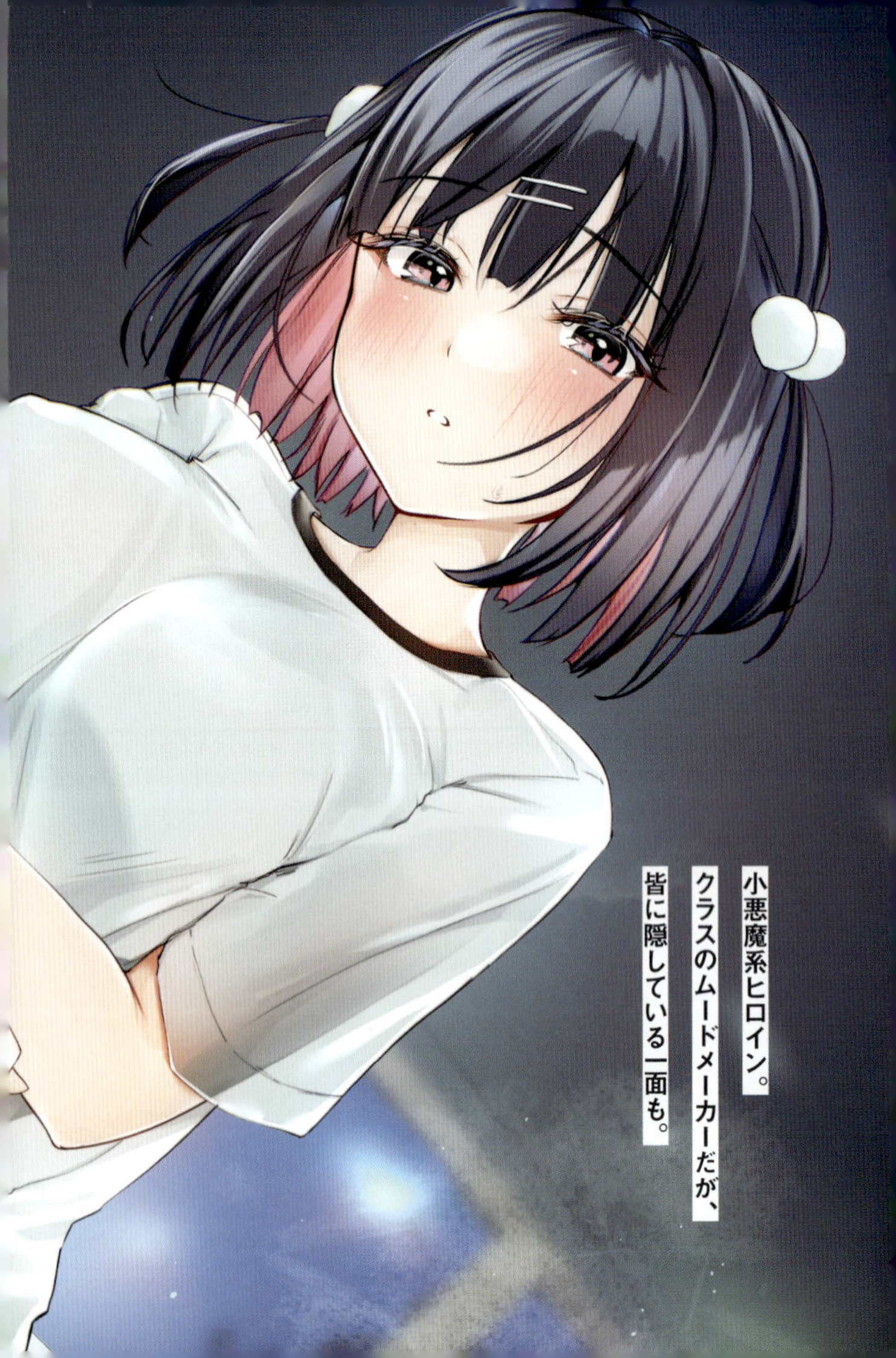

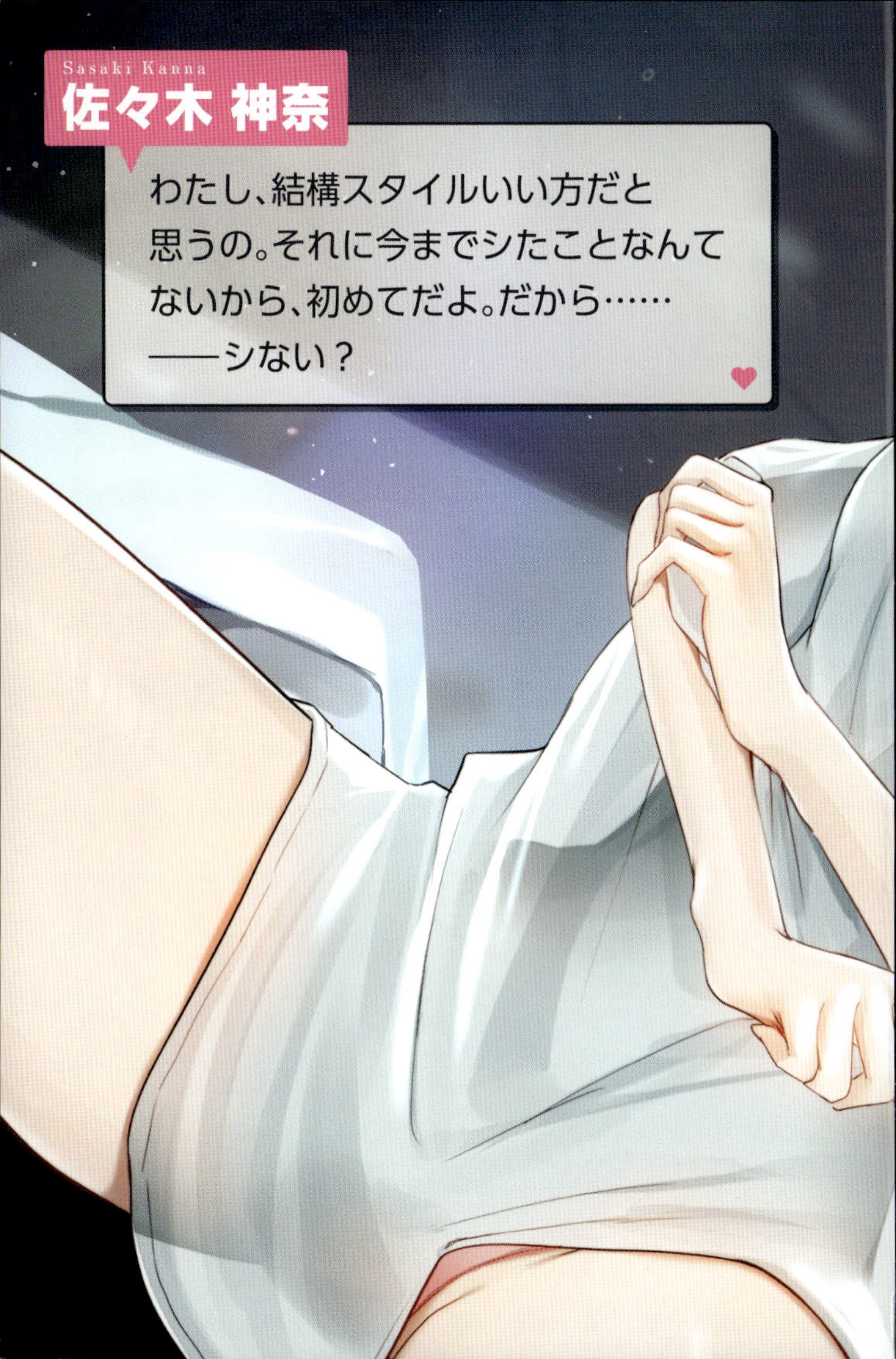
Sasaki Kanna
佐々木 神奈
わたし、結構スタイルいい方だと思うの。それに今までシたことなんてないから、初めてだよ。だから……
——シない？

Asahina Natsuki
朝日奈 凪月
なつきがサボりたいの！
ね、共犯になってよ

スポーツ万能ヒロイン。
明るく元気だが、勉強は少し苦手。

Eroge no akuyaku ni tensei
shitanode MOBU ni
narukotonishita

CONTENTS

エロゲの悪役に転生したので、モブになることにした

時雨もゆ

角川スニーカー文庫
24339

本文・口絵イラスト／ういり
本文・口絵デザイン／ＡＦＴＥＲＧＬＯＷ

プロローグ —— prologue

カーテンが閉め切られた部屋の中。俺は唯一光を放っているパソコンの画面を見つめていた。

視線の先で展開されているのは、成人向けアダルトゲーム『そしてセカイはあい色に』。発売されてから瞬く間にランキングを駆け上った、プレイヤーからの評価も高い人気作だ。内容は冴えない男子高校生が学校生活を送るなかで、同じ学校の美少女たちに懐かれていく、というごくごく普通の青春ラブコメなのだが、泣けるほど感動できる作品であることから評判を集めている。

俺自身もこっそり購入して現在進行形でプレイしていた。レビュー通り、王道のラブコメではあるものの、確かに話が濃くて面白い。今のところ泣くほどではないけど、感動的な場面はいくつもあった。特に、この最後に残していたヒロインのルートに関してはそう思う。見た目の可愛《かわい》さだけじゃなくて、主人公への接し方とか性格も魅力的だし、ストーリーも面白い。思わず昨日はほぼ徹夜で進めてしまったほどだ。

エンターキーを押すと、画面の中のヒロインは振り返った。彼女の髪は夕焼けを透かしながら、風に靡《なび》いている。今は放課後の屋上で主人公がヒロインに相談を持ち掛けている場面だ。

どうやらヒロインと一緒に活動している生徒会での立ち回りが不安らしい。

絵も綺麗《きれい》だし感動的ではあるが、ここはまだ物語のクライマックスじゃない。できるだけ早くエロシーンが見たかった俺は、軽くセリフを読んでエンターキーを押していく。半分読んでいるか読んでいないか、というような状態だが、話の流れさえ分かればそれでいい。

「……私も、よく分からなくなるんです」

そんな風に流し見していた俺は思わず目に留まったセリフに、キーボードを打つ手を止めた。さっきまでとは違って、急にヒロインの声がはっきりと部屋に響き渡る。

別に特別なセリフだったわけじゃない。ただ、この完璧超人なヒロインにしては少し、意外だっただけだ。

「どうすればいいのか、どんな風に行動したらいいのか……ずっと分からないままなんです。でも、なんというか、いつも、私だけは私のこと見てるから、私の嫌いな私じゃないままでいようって思って」

ガツン、と頭を殴られた気がした。

別に大学に行っても友達はいないから、一人でラノベなりエロゲなりを買って、放課後も休日も家に引きこもる毎日。この前隣の席に座った女子からキモいだのなんだの言われている気がしているけど、傷つくのを通り越して、そんなもんなんだろうな、という感じだった。

今さらどうすればいいかも分からない。というか、今までの人生もずっとこんな感じだったし何も変えられる気がしない。

頑張っていないわけじゃなくて、どっちかって言うともう、頑張る気力すら湧かなくて。特別辛《つら》いことがあるわけじゃないし。ずっと何か足りない感覚を、こんなもんなんだろうな、と自分に納得させていた。

——そう思っていたけど、実際のところ、どうだろうか。

思い返せば、一度も、自分に対して少しでも自信を持てるほど何かを頑張ったことはなかったかもしれない。

夕日の中でヒロインはそのまま、優しくふわりと微笑《ほほえ》んだ。

「でも、そうですね……あなたなら大丈夫だと、私は思います」

ただ、暇つぶしで始めたエロゲの、軽いセリフ。

なのに、その言葉は、なぜか胸にすっと刺さった。

「もう朝か……」

いつの間にかカーテンの隙間からは朝日が覗《のぞ》いていた。ぐっと伸びをする。

例えば今日は、ずっと前から話しかけたいと思っていた同じサークルのやつに挨拶くらいはしてみてもいいかもしれない。

いつもよりはるかに気持ちが軽かった。単なる作品への自己投影と陶酔だったけど、今朝だけは自分が主人公のような気がしている。なんなら彼女みたいに生きたいとすら思い始めていた。あんなセリフが言えるような生き方を。

――そんなどこか爽やかな気分だった俺は、この時、思いもしていなかった。

自分が、『そしてセカイはあい色に』の世界に、悪役として転生するなんて。

1章 Chapter 1 ♥

「どこだ、ここ……？」

目が覚めたら知らない部屋にいた……もう一度繰り返そう。

目が覚めたら、知らない部屋にいた。

あまりにもフィクションじみた状況だ。俺はためしに自分の頬をつねってみた……痛い。ほんとにちゃんと痛い。おそらくこれは俺の頭が急におかしくなったわけでも、夢を見ているわけでもなく、現実らしい。くそっ、頬が痛くなっただけだった。

今この部屋にいることが現実だとすれば、考えられる可能性は誘拐しかないだろう。ということは、犯人がどこかにいるということになる。

俺は、近くにあったやけにオシャレなフロアランプを持って、ベッドから起き上がった。

意識を失って寝かされていたみたいだから、これはますます誘拐の線が強そうだ。

足音を消し、部屋を歩き回る。人の気配はない。人質が寝ているのに、不用心なもんだ。

まずは寝室。それからリビング。キッチンも一応見に行って、トイレを覗き、そして最後に洗面所――

「はぁっ⁉」

の鏡に映った自分を見て思わず声を上げる。フロアランプも手から落とした。ガシャン、と大きな音が響く。

そこにいたのは、茶髪で、どちらかというと中性的な顔立ちな、それでいて、不良っぽい感じを漂わせる――

「えっ、錦小路《にしきこうじ》楓《かえで》じゃん⁉」

思わずまた頬をつねる……やっぱり痛い。

どうやらこれはやはり夢ではなく、現実らしい。

……いや、現実もくそもあるか。そんな、だって。

「なんで俺が、『そしてセカイはあい色に』の世界に転生してんだよ！」

エロゲの世界に転生するなんて、まず現実ではありえない話だからだ。

錦小路楓――彼は、大ヒットしたアダルトゲーム、『そしてセカイはあい色に』で、悪役として登場した人物だ。『そしてセカイはあい色に』略して『セカあい』は、非常に人気も評価も高いゲームだった……この作品の悪役、錦小路楓を除いて。

彼は作品に登場しては、ヒロインを痛めつけ、バッドエンドでは寝取り、主人公のことはいじめる、などという最悪すぎるムーブを繰り返す。そして最後にだいたい死ぬ、という地獄しかない選択肢のおかげでスッキリはするが、それにしても胸糞悪《むなくそ》すぎる。

しかもその胸糞悪さがエロとは直結しないものばかりだから、一部のプレイヤーはアンチと化し、アンチスレがいくつも立てられ、それさえ有名になってしまったほどだ。

とにかく錦小路楓というのはそれほどまでにプレイヤーに嫌われる存在であり、もちろん俺もかなり嫌いである、ということである。

「嘘《うそ》だろマジかよ終わってんじゃん……」

洗面台の前で文字通り頭を抱える。

まず錦小路楓に転生したかもしれないことは、いったん良しとしよう。いや、全然良くはない。かなり良くはないが、問題はそこじゃない。

「俺、このままいけば確実に死ぬってことだよな!?」

そう、錦小路につきまとう死亡フラグである。彼はゲーム内で、どんなルートを歩んでも死亡している。つまり、俺もこの世界では、一年以内にほぼ百%死ぬ、ということだ。

頭を覆う手の隙間から、鏡を覗き見る。やはり、そこには苦しげな顔をした錦小路楓が映っていた。錦小路が死ぬ少し前に見せた顔とそっくりだ。

俺は絶望しつつもどうしようかと必死に思いを巡らし、一つの案に辿《たど》り着いた。

「……いや、待て。まだ錦小路楓じゃないって可能性もある」

例えば、何らかの犯罪に巻き込まれて、錦小路そっくりな顔に整形させられていたとか……意味分からなすぎる状況だけど、錦小路に転生した、という説よりは現実味がある話だ。

「よし、まだ大丈夫だ。とりあえず私物の確認をするまでは……」

俺は立ち上がり、とりあえず色んなものがありそうな寝室に向かった。

一番先に携帯を手に取り、とりあえず錦小路の誕生日をパスワードとして入力してみる。

簡単に開けてしまった。

「えーと、さすがにLIMEは本名だよな」

俺はチャットアプリを開いた。すぐさまプロフィールのアイコンを押し、名前を確認する。

「うっ、『楓』じゃん……」

何やらオシャンなアイコンを使っているらしい錦小路のユーザーネームは『楓』だった。

俺は絶望する。こんなのほぼ確じゃん。

しかし、まだ諦めてはいない。苗字《みょうじ》が錦小路ではない可能性だって十分に残されている。

「生徒手帳か保険証か……とりあえず財布だ財布！」

さすがに公的なものにはちゃんとした個人情報が載っているだろう。俺は錦小路のスクールバッグから財布を探し出すことに成功し、そそくさと中身を出した。

「入ってるのは保険証だけ、か。ポイントカードも一枚もないなんてやっぱ金持ちなんだな錦小路」

錦小路、というキャラクターは、とにかく実家が金持ちなことも特徴的だ。それも、日本の企業で五指に入るほどのグループを経営。次男で跡取りではないみたいだが、働かなくても多額の小遣いはもらってるんだろう。羨ましい限りだ。

財布を覗いている途中で真っ黒なカードが見えた気がしたが、怖くて俺には触れられなかった。

「ヤバいな、生年月日もフルネームも全部錦小路と一致してる。さすがに人違いじゃないか……」

転生なんて普通はあるはずがない。そもそも夢だっていう可能性の方が高いはずだからな。

でも、霞《かすみ》がかかったような錦小路自身の記憶や、かすかに感じる錦小路の人格から、俺は確信し始めていた。

どうしてかは分からない。どうやってかも分からない。

だけど、俺は何らかの方法で錦小路楓に転生したらしい。

「『セカあい』の世界に転生したのは嬉《うれ》しいんだけどなぁ……錦小路だっていうのが……」

とりあえず転生だと仮定しても、前世だってまだ二十二年しか生きていないのだ。まだこの若さで死にたくない。

「とりあえずどうにかして生き残らないと……」

そもそも錦小路が死ぬ原因は、ヒロインや主人公に危害を加えたからだ。物語において、主人公が幸せになるのに邪魔だった。となれば、俺は物語に関わらなければいい。

「俺がこの世界でモブとして生きることができれば……物語が変わることはあるのか？」

この物語が終わるのは、高校一年生の三学期の終業式。それまでに死ななければ、ミッションは達成だと言えるだろう。

「ヒロインとも主人公とも関わらずに、モブとして生きればいい。高校をそもそも変えるっていう手段もあるけど、できなそうだしな……」

部屋に貼られたカレンダー。ちょうど今日の日付に、二重丸がつけてあった。下には、入学式、の文字。スマホで、今が午前五時過ぎなのは既に確認してある。

そして、ゲームが始まるのは、今日からだ。

さっきスマホを覗いたけど、親の連絡先は一つも入ってなかった。ゲームでも、錦小路は親と確執があることが説明されていたけれど、本当らしい。

連絡が取れなければ、高校を今から変えるのは難しいだろう。入学金を払ってもらった以上、すぐに辞めるのも申し訳ないし。

学校に行かないっていう選択肢をとったとしても、俺はいつ元の世界に戻れるのか分からない。もしかしたら、ずっとこのままかもしれない。万が一に備えて、できるだけリスクは避けたいところだ。

「とにかく登場人物には関わらないようにしないと……」

あまりにもどうしようもない状況にため息をついた。

ゲームのストーリーを思い出したり、まとめたりしているうちにあっという間に夜が明けてしまった。

このゲームのヒロインは三人。エロゲにしては少ない気もするけど、これがどちらかというと泣きゲーであることを考えれば妥当かもしれない。

一人目は、花野井綾芽《はなのいあやめ》。銀髪ロングで、湖のように美しい瞳を持つ、学校内一の美女である。学校の高嶺《たかね》の花として君臨し、その座を譲ることがない。あまり人と関わらないクール系だが、その分デレの破壊力がすごかった。

二人目が、佐々木神奈《ささきかんな》。綾芽が高嶺の花だとしたら、神奈はアイドルだ。可愛《かわい》くて、常に明るくコミュ力も高く、みんなを陰ながらまとめる存在。黒髪ボブで、きゅるんとした、ピンクの瞳が印象的である。しかし裏の顔があって、ゲームではそっちにフォーカスされることも多かった。クラスメイトや周囲に隠しているメンヘラっぽいところを、主人公が解決するのが神奈ルートの中でも人気の場面だ。

最後が、朝日奈凪月《あさひななつき》。スポーツ万能の美少女であり、この高校にもスポーツ推薦で来ている。いつも明るく元気で、周囲を癒やす存在だ。茶髪のポニーテールがその爽やかさを引き立てていて、可愛らしい雰囲気にマッチしていた。テストで悪い成績を取ってしまって、主人公が勉強を教えることになったのが初めの接点。二人で勉強会を開くうちにだんだん親密になっていく。素直な妹キャラで、ゲームをしながらこんな妹が欲しいと百回は思った。

「登場人物に関わらないのが一番だよな……」

正直主人公に関わらないのは簡単なはずだ。主人公は根っからの陰キャで自ら周りに話しかけるタイプじゃないから。俺から関わろうとしなければ、接点は生まれないだろう。

まぁ、錦小路に関する悪い噂《うわさ》なんて山ほど出回ってるし、ヒロインも話しかけてくるとは思えないけど。

主人公たちの通う高校は、中高一貫校だから、佐々木神奈に関しては中学の時一緒だったし、高校入学組である他の登場人物にも遅かれ早かれ錦小路の噂は広まるだろうし。

腕を組んで考え込んでいたが、不意にお腹《なか》が鳴った。そういやここの世界で目覚めてから食べずに頭を動かしていたもんな。そりゃお腹も空《す》くか。

寝室を出て、キッチンへと向かう。学生のくせにやたら広い部屋に一人暮らししているらしい。

親から逃げたかったのか、それとも親も関心がなくて部屋だけ与えている状態なのか。理由は分からないけど、金だけ渡されて自活させられているあたり、本気で親との関係は悪いんだろうな。

「えー？　なんッもないじゃん」

冷蔵庫の中はカラだった。本当に何もない。水さえない。どうやって生活していたんだか。

ぼんやりある錦小路の記憶の限りでは、付き合っていた女に飯を作らせるか、デリバリーサービスを利用してたみたいだけど。

「マジでクズだな……」

家に連れ込んだ女は何人もいたみたいだし。金をチラつかせれば簡単なのだとかいう要らない知識が身についてしまった。

グギュルル、とまたお腹が鳴る。腹が減っては戦ができぬ、とは昔からある言葉だが、俺にとって、今から始まるのは戦に等しい。腹ごしらえこそ一番必要なことだよな。

俺は財布を片手に家を出た。目指すは近所のコンビニ。歩いて五分のところにある……らしい。

◇

スマホのマップを頼りに、コンビニを目指す。全く知らない場所だから、方向を把握するのにも少し苦労した。

「次が、公園を通り抜けて……？」

意味の分からない案内にもう一度スマホを見る。どうやら近道らしい。

確実に他の道を使った方が分かりやすそうだ。

「……まぁ、早く帰ってこれた方がいいか」

そう、今から始まるのは戦。準備する時間が多いに越したことはない。

スマホの指示通りに、公園に踏み入る。朝だから、人が全く見当たらない。芝生のコーナーを抜け、遊具のあるスペースに入る。

そこでようやく誰かのささやき声が聞こえてきた。自分以外の人を見かけるのは、この世界に来てから初めてだ。ほんの少しだけ安心する。

それにしても、こんな早くに公園まで来てるんだな。朝家を出た時は、ちょうど六時くらいだった。

声のする方向を見れば、少女がブランコに座って、何かを一心不乱に読んでいた。大きさ的には、メモ帳くらい。

でも何よりも、目を引いたのは、その美しい白銀色の髪と、澄んだ青の瞳だった。

(花野井綾芽だ……)

千年に一度と言っても過言ではない美貌。そして、今日から通う予定の高校の制服。間違いない。『セカあい』のヒロインの一人、花野井綾芽である。

正直こんな早くにバッティングすることになるとは思わなかった。

……まぁ、向こうはこっちに気づいてないみたいだし、何か始まるとも思えないけど。

今の時刻は午前六時十分。入学式は九時からだから、あまりにも早すぎる。ゲームのシナリオの過程で、錦小路の家の最寄り駅を綾芽の乗る電車が通ることは知っていたが、ここから学校まで電車で約十分くらいの距離だ。いくら早くに行こうと思っても、八時を過ぎてからで十分間に合うだろう。

じゃあ、何のために公園まで来て、何を読んでるんだ？

記憶を辿《たど》ったけれど、ゲーム内では、こんな描写はされてなかった。だからたぶんストーリーには関係ないんだろう。だけど、大人びて落ち着いた雰囲気の綾芽にしては珍しく、緊張しているようにも見える。

気になるところだが、だからといって声はかけられない。俺は横目で綾芽の姿を見ながら、公園を通り過ぎた。

なんせ今の自分は、登場人物に関われば、死亡フラグが立つ可能性があるのだ。特にヒロインに、なんて、あまりにも危険すぎる。

コンビニで弁当を選び、来た道をまた辿り始める。『セカあい』のヒロインと話せないのは残念だけど、まぁ、あのご尊顔を拝めただけでもよしとしよう。

思っていた何倍も、実物は綺麗《きれい》だった。

「ん？　なんだあれ」

思い出しつつ、ブランコの横を通り過ぎた時、何かが落ちているのが目に入る。近づいて手に取ってみれば、さっき綾芽が読んでいたらしいメモ帳だった。

「えーと、春の息吹が感じられる今日、私たちは、高校生になります。本日は私たちのために……ってこれ、新入生代表の挨拶じゃないか？」

綾芽は成績優秀だから、新入生代表の挨拶をするというのはもちろん納得できる。ただ、それなら元のゲームでも何かしらストーリーとしてありそうなものだけど、何もなかった気がする。

そもそも主人公と綾芽の出会いも、お互い生徒会役員として選ばれたことだった。

物語自体は、よくある「今日から僕も高校生かぁ」という主人公のモノローグで始まるから、綾芽のスピーチの話が出てきてもおかしくなかったのに。

「これ、どうしよう。なかったらけっこう困る感じのやつだよな……」

メモ帳に書かれているのが、新入生代表の挨拶なら、綾芽の様子にも納得がいく。緊張して、この公園で何度も練習したんだろう。もし本番直前にメモがないことに気づいたら。考えただけで怖すぎる。

「届けるか？　これ……」

もし届けてあげられたら、綾芽はかなり助かるだろう。だけどそれは同時に、俺がヒロインに接触することにもなる。たった一回だけだからと侮ったら、どんなことになるか分からない。バタフライエフェクト的な感じで……とか、ありえそうだし。

だけど……だけど、何度も書き直した痕跡のあるそのメモ帳を見つめていたら、無視はできなかった。端もくしゃくしゃになっているし、きっと春休み中かなり練習したんだろう。

もしこのメモ帳がなくなったことで、彼女の納得できないスピーチになってしまうのは、考えただけでも嫌だった。それは、俺がヒロインとして彼女のことが好きだからという理由だけじゃなくて、俺として見過ごせない。

この先何かがあって、結局俺は死んでしまうことになったとして。始まりは、確実にここになるわけだ。『セカあい』の世界と、交わってしまった瞬間。

後悔しないだろうか？

自分に何度も問いかける。

「やらない後悔よりやる後悔だって言うしな……」

答えは分からなかった。たぶんその時にならないと分からない。

俺は後悔しないと言い切れるほど性格が良いわけじゃない。だけど、とにかく今は、俺のせいで彼女が失敗するかもしれないのが嫌だった。

「届けるかぁ……」

俺は最も憧れているヒロインの、振り返った時の笑顔を思い出す。彼女ならどうするか。確実に、俺みたいに迷うこともなく届けることだろう。

俺はメモ帳を片手に持ち、家に帰った。そそくさと用意をする。

「うわっ、制服着たら余計に錦小路楓感増すな……」

姿見の前でため息をつきつつ、錦小路みたいに髪を整えたりする技術はないから、寝ぐせのチェックだけして。

俺は足早に、家を出た。

◇

『セカあい』の舞台になっていたのは、日本でも有数の進学校。ついでにそこそこの金持ち学校でもある。

イラスト通り、かなり豪華な校舎だ。制服にも高級感があるし、かなりテンションが上がる。

設備は全て新しく、廊下も思いのほかピカピカしている。少なくとも今まで見た学校の中では一番豪華だ。

「で、どこにいるかだよな……」

ただでさえ早すぎる時間だ。綾芽がこんな時間にどこに行ったのか全く見当がつかない。入学式の行われる体育館に始まり、各クラスの教室を順々に巡っていく。

「あれっ、マジでどこ行ったんだ……？」

綾芽どころか、校舎全体に生徒の気配が全くない。もしかして、綾芽よりも先に着いてしまったのか？

それとも……

「もうとっくに紙を落としたことに気づいて、取りに戻ったか」

行き違いになっている可能性がある。

俺はこわごわと、メモ帳を見つめた。そうだよな。そんな大事なもの、学校まで来てなくしたことに気づかないなんてことないよな。

「うっわ、やっちまった。とりあえず来た道戻るしかないよな」

いったんあの公園まで戻って、綾芽がいなかったらもう一回学校で待とう。最終的に学校には向こうも戻ってくるだろうし。

すぐに校舎から出て、校門近くまで来る。そして、気づいた。

「あれ、綾芽……？」

頼りなげな背中。不安そうに、肩で髪が揺れている。

立っているだけでも絵になる後ろ姿は、確実に綾芽だろう。

ただ同じ学校の生徒だってだけで、追いかけてここまで来るの、実はけっこうヤバいんじゃないか、という頭の声を無視して、綾芽に走り寄った。

「あの！」

ちょっと大きめに出した声に、綾芽の肩がビクッと震える。驚かせてしまったらしい。ちょっと申し訳ないことをした。

「すみません。ちょっと、公園で見かけて。このメモ帳、落としませんでしたか？」

怯《おび》えた顔で振り返った彼女をできるだけ怖がらせないように、自分にできる最大限優しい声を出してみた。結果、錦小路の何とも言えないイケボのせいかナンパ師みたいになってしまったけど、とりあえず良しとしよう。

綾芽は、俺の手にあるメモ帳を見ると、パァ、と顔を輝かせた。ゲーム内では無表情ということで通っていたけど、案外分かりやすい。

不安そうな目がちょっとずつ和らいでいき、そして涙がたまり始める。

初めて見た泣きそうな顔にビビりつつ、そっとメモ帳を差し出した。それを、綾芽は大事そうに受け取ると、胸の前できゅっと握って、俺のことをまっすぐに見つめる。涙目の、上目遣い。しかも絶世の美少女。これはかなりクるものがある。

「ありがとうございました。大事なものなんです」

「そっか。良かった」

綾芽は震える手でメモ帳を握りしめながら、何度も頷《うなず》いた。

「私、今日の入学式で、新入生代表の挨拶をするんです。それが不安で、不安で、本当に不安で、家でも何回も練習をしていました。学校にも早く行って練習しようと思ったのに、メモをしたメモ帳が見当たらなくて。大事な、ものだったんです。本当に、ありがとうございました」

震える声で、でもはっきりと言い切り、頭を下げる綾芽。

人と話すのは得意ではないはずだから、届けた俺のために、ちゃんとお礼を言いたかったんだろうか。

握りしめすぎてしわが寄った、メモ帳を見ていたら、彼女がこの入学式をどれだけ不安に思っていたのかが、はっきりと分かった。

「そんな、別に俺は届けただけだから、顔上げて。それにほら、ちょっとだけ見えちゃったんだけどさ、あれだけ練習したら、絶対うまくいくと思うし、うまくいったと思えなくても、俺はすごいなって思うからさ。うーん、ごめん、なんて言えばいいか分かんないけど。とりあえず応援してるし、頑張って、みたいな」

綾芽の姿を見て思わず励ましの言葉なんてかけてしまったけど大丈夫だろうか。だって俺は初対面の人間なんだし、そんなやつに何か言われても……

「ありがとうございます。ちょっと、落ち着きました。入学式の挨拶の時、今言ってもらったこと、もう一度、思い出してみます」

相変わらずのか細い声。だけど、もう震えてはいなかった。

綾芽は俺にほんのちょっと、本当にほんのちょっとだけど笑ってみせると、校舎まで歩いていく。

その途中で、また振り返った。

「お互い良い学校生活、送りましょうね」

風に混ざって聞こえる声。手を振り返すと、向こうも手を振り返してくれる。

「綾芽の笑顔、やばいな……」

物語の主人公ではなく、俺に向けられた笑顔。その破壊力を嚙《か》みしめつつ、俺はとりあえず必要なものを取りに帰るために、来た道を戻り始めた。

◇

結局、綾芽は入学式のスピーチを完璧に成功させた。一度も詰まることなく、原稿を見ることもなく。たぶん俺の励ましなんて、必要なかっただろう。

芸術作品のような圧倒的な美貌と、その美を際立たせる凛《りん》としたたたずまい。綾芽が登壇した瞬間から、小さなざわめきが起こっていた。

それが先週の話だ。今週からはついに授業が始まり、今日は高校生活最初のホームルームがあるらしい。

「えっ、あの人……？」

「そうそう。気をつけた方がいいよマジで。目つけられたら終わりだから」

「うわっ、せっかく楽しい高校生活になると思ったのに。こんなやつと一緒になるなんて終わりじゃん」

「ぜっっったい近づくなよ。中学の時友達が絡まれてボコられてたから」

「あたしの友達もハイブラのバッグ買ってあげるから一発ヤらせてくれって言われたらしくて」

教室に入った瞬間、空気が凍ったように静かになり、それからまたヒソヒソし始めた。どうやら既に要注意人物になっているらしい。初日だしと思って早めに来たけど、遅刻ギリギリくらいの方が良かったか。

前世はモブでしかなかった俺にとっては、正直こたえる。

「はーい。いったん静かにしてくださーい」

そんな中担任が教室に入ってきた。助かった。小柄で可愛《かわい》らしい女性だ。髪を下の方で一つくくりにしていて、眼鏡《めがね》をかけている。

生徒たちは何か言いたげに目を見合わせたあと、それぞれ着席した。

教室が静かになったのを確認してから、担任はさて、と話を切り出す。

「今日の一時間目は最初のホームルームということで、皆さんの交流の場にしたいと思います。まずは、自己紹介から始めましょうか。え〜っと、とりあえず名前と、趣味と……何か言いたいことと、みんなへの一言、かな。朝礼の間に考えておいてね」

クラス中から、不満半分、盛り上がり半分の声が上がる。

……そういえば俺の高校でもあったよなぁ、こういうの。急に自己紹介しろなんて言われても、無難なことしか思いつかないしで結構めんどくさいんだよな。

前世では毎回テンプレみたいなことを言って誤魔化《ごまか》していた気がする。実際、出席番号が一番だった生徒は当たり障りのないことを話して席に着いた。

だけど今回は既に好感度がゼロどころかマイナスだ。たぶん今何を言ったって、クラスメイトの評価が変わることはない。

とはいえまぁそれは覚悟していたからいいとして。

――一番の問題は、同じクラスの中に、俺以外の登場人物が何人かいることなんだよなあ。

「……じゃあ、次、才田《さいた》くん」

「はい」

教師の声に、男子生徒が席を立つ。俺はできるだけこっそりと様子をうかがった。モッサリした髪。どちらかというと痩せ型で、猫背。

『そしてセカイはあい色に』の主人公――才田奏《かなで》だ。

姿勢とか見た目が完全に才田ではあるものの、どこか違和感がある。

雰囲気？　いや表情？　俺の記憶では、才田はもっとおどおどしていたような……

「才田奏です。好きな食べ物はラーメン。漫画を読むのが好きです。一年間よろしくお願いします」

才田はありきたりな挨拶をして軽く頭を下げると、席に座った。

具体的に言葉には表せない。だけど、俺の知っている才田とは明らかに違う。

今の才田には、余裕があるように感じられた。一言で言えば、高校生らしくない。もちろん原作の才田も大人びてはいたけど、ここまでじゃなかったはずだ。

原因は何だ？　俺はまだ綾芽としか接触してない。そもそも今日転生してきたんだから、物語改変はありえないはず。

横目で才田を観察し続けていると、不意に才田が俺の方を向いた。慌てて目をそらす。くそっ、見すぎた。

……まぁ、さすがに気のせいか。疑心暗鬼になりすぎていたかもしれない。

「それから、次、佐々木さん」

「はーい」

才田の一つ後ろの席。

佐々木、と呼ばれた女子が立ち上がった。黒髪ボブ。低めの身長と、制服の上からでもはっきり分かるグラマラスな体つき。

明らかに周囲とはかけ離れた美貌からも分かるように、ヒロインのうちの一人で間違いない。

「佐々木神奈ですっ。趣味はゲームで、みんなとたくさん話したいです！　仲良くしてください」

ゲーム通りの明るい声で、神奈は軽く頭を下げる。その瞬間に、クラスメイトがこっそり目を合わせるのが気配で分かった。綾芽のスピーチの時と全く同じ状態だ。二人とも系統は全然違うけど、尋常じゃないくらい美人だからな。

しかも神奈はコミュニケーション能力が高い。口調、表情、しぐさ——全てに人に好かれる要素が詰まっている。学校中でアイドル扱いされているのも納得だ。

生の神奈に感動していると、ちょうどチャイムが鳴った。担任がストップをかけ、いったん次のホームルームに持ち越しすることを告げる。

正直早く終わらせたかったんだけどな。どう考えても失敗する自己紹介なんて気が重い。

思わず軽くため息をつく。

「なぁ、錦小路」

いつの間にか休み時間に突入していたらしい。一つ前の席の生徒が急に振り返った。びっくりして思わず声が漏れそうになる……が、すんでのところでこらえた。

「あぁ……成田《なりた》か」

成田俊一《しゅんいち》——『セカあい』のいわゆる噛ませ犬的存在だ。錦小路の金魚のフンで、錦小路に対してはイエスマン。錦小路と一緒になって主人公のことをいじめ、ヒロインを襲う。プレイヤーとしてはもちろん気分のいい存在ではなかったし、話を進めるために成田とぶつかることも多かった。

とはいえ、物語ではモブに近い立ち位置ではあったし、そもそも俺が主人公たちと関わらなかったら、成田と物語の接点もないはずだ。

錦小路と成田は中学からの仲だし、今さら避けるのも変。かといって一緒に過ごしたら……成田は錦小路のことをよく知っているだろうから、俺が錦小路じゃないってバレて、今度は本当に『ゲームのバグ』状態になるんじゃないか？

恐ろしい想像に絶望している俺を傍目《はため》に、成田は意気揚々としていた。

「佐々木神奈と一緒のクラスじゃん！」

「えっ、うん……そうだな」

成田の話にとりあえず頷《うなず》く。

「あれっ、錦小路、前から佐々木と同じクラスになれたらどうこうって言ってなかったか？」

「言ってたっけ……？」

「ほら、佐々木さ、ガード固めだったけど、同じクラスになったらどうにかできるんじゃないかって」

「あー、言ってたかも」

またとりあえず同調しておいた。実際そんな話をしていたのかは、全くもって知らない。

「あとあの子、名前忘れたけど、入学式でスピーチしてた子いたじゃん。あの子も可愛かったよなぁ……あれ、あんま興味ない？」

「えっ、興味？」

「いや、だってなんだかんだおとなしそうな子だったし、錦小路ならちょっと声かけたりしたらこっちになびくだろ。あぁいう気の弱そうな子ほど落としやすいし」

ん？　ちょっと待って。今結構えげつないこと言わなかったか？

成田はなんだかんだ錦小路と一緒にいるだけで、根は悪くないやつだと思っていた。ゲームをプレイしていても、錦小路ほど非道なことはしないし。

だけどなんというか、これは……

「錦小路、金もあって顔もいいんだからさ。ああいう子は錦小路のことすぐに好きになりそうじゃん。最悪外堀埋めれば……あっ、そういえば今日合コンだっけ。可愛い女の子来るかなぁ」

何食わぬ顔で、えげつない言葉を連発していく成田。

顔には出さずに静かに面食らっていると、成田は、そうだ、と言わんばかりに頷いた。

「そういえば錦小路、この前の合コンの後に一緒に帰っていった美女とはどうなったんだ？　向こう大学生だったんだろ？」

「えっ、いや……」

思わぬ質問に、スマホを確認する。某チャットアプリを開いてみると、かなり上の方にそれらしき女性がいた。錦小路とは何回かやり取りしているらしい。履歴を覗《のぞ》いてみると、なかなかいい感じのようだ。

「ていうか、他の子とも連絡先交換してなかったっけ。えーっと、近くのあのお嬢様学校の……ほら、女子高のさ……東白《とうはく》学院だっけ……？」

「東白学院……」

聞き覚えのない高校名に頭を抱える。エロゲの悪役としての要素がてんこ盛りすぎだろ。もはや俺の手には負えなくないか？　これ。

俺のもともとの計画では、ゲームをプレイした時に得た知識を駆使して、主人公たちとは関わらず、悪目立ちはしないように大人しく、それでいて錦小路の今の人間関係についてはあまり刺激せずに、ちょっとずつ解消していけたらとか思っていた。

でも、実際に目の当《ま》たりにしてみるとわけが違う。そもそも俺は前世、彼女が一人もできたことない童貞だったんだ。合コンで持ち帰った年上の女の子とうまくやるなんてできる気がしない。

「あのさ成田……いや、お前？　合コンはしばらくやめとこうかな。高校ではもう真面目《まじめ》にやろうかなって」

成田は一瞬怪訝《けげん》そうな表情になった。錦小路は成田のことを仲間だと認めていなかったから名前でさえ呼ばなかったし、口調にも違和感があるんだろう。そもそも高校からは真面目にやろうと思ってるなんて理由、どう考えても変だったし。

だけど、成田が錦小路の発言に逆らうことはないのだ。すぐに取り繕って、頷いてみせる。

「分かった。女の子たちの方に伝えとくわ」

まだ俺の方を不思議そうにチラ見しながら、携帯の画面に何かを打ち込む成田。成田とだけ話していればどうにかなるだろうと軽く考えていたけど、もっとしっかり計画的に動いた方がいいかもしれない。

思っていたよりも難しい現状に、俺は気づかれないようにまたため息をついた。

2章

Chapter 2

「……そういえばさっき実力考査の結果出てたよな」

「えっ、あれ今日だったっけ」

菓子パンを頬張りながら成田《なりた》が頷いた。確かに入学式の翌日に受けさせられた実力考査からちょうど一週間経《た》ったし、そろそろだったかもしれない。

俺も購買で買ったパンの包装を破りつつ、そっと廊下の方をうかがう。特段生徒が騒いでいる様子はない。

成田に話しかけられた日から、俺たちは屋上へと続く階段の踊り場で二人で昼飯を食べるようになっていた。

「錦小路《にしきこうじ》は頭いいもんな」

「いや、まぁ……」

「オレ、今回かなりやらかしたんだよ」

成田が明らかに落ち込んでいる。確かに、ゲームでは成田はそこまで頭がいい設定ではなかったかもしれない。

対して、錦小路はかなり良かったはず。原作のアナザーストーリーでは地頭がいいっていう言及もされていたけど、実は陰でかなり努力もしてたんだよな。錦小路のことはずっと嫌いだったけど、案外憎めないところもあった気がする。

「今回、先生に答え教えてもらわなかったじゃん」

「……は？」

「錦小路に聞いてもなんかよく分からないしって断られちゃったからさぁ。それもあってオレ悪かったんだよ。なのに、錦小路はすごいよな」

少し不満げな言葉に俺がかなり驚いているのも気に留めず、隣で成田は頭を抱える。そういえばそんなことを言っていたような気がしなくもない。

成田、スルースキル高くね？　……じゃなくて。

「定期テストの答え、教えてもらってたっけ？」

「錦小路の家、この学校にかなり寄付してるしさ、先生、聞いたら教えてくれてたじゃん」

もう、何忘れてんだよ！　とでも言いたげな雰囲気だ。完全に教師を脅迫してカンニングしている人にかける言葉じゃない。

……前言撤回だ。錦小路に好きなれる要素なんてない。

今度は俺が頭を抱えて、二人して暗い空気になった瞬間だった。

タッ、と軽い足音がした。目の前で、膝丈より少し短いスカートが翻る。

「お二人さん、ちょっとごめんね！　しばらく隠れさせて！」

聞き覚えのある声に、思わず顔を上げた。

サラサラした茶髪のポニーテール、健康的でスレンダーな体型、明るい声──『セカあい』のヒロインの一人、朝日奈《あさひな》凪月《なつき》だ。

呆気《あっけ》にとられている俺たちをよそに、凪月は階段から廊下をそーっと覗き込む。彼女を呼ぶ教師の声が聞こえていたが、しばらくして遠ざかっていった。

「んっ、もう行ったかな……うん、行ったね。もう大丈夫そう」

「えっ……と、誰ですか……？」

かなり困惑した様子の成田が尋ねた。そりゃそうだ、成田からしたら初対面なわけだし。

俺も凪月自体知ってはいるけど、原作にこんなストーリーはなかったから、今の状況をよく分かっていない。

とっさに居住まいを正して、できるだけ存在感を消す。普通っぽく、モブっぽく見えていたらそれでいい。

「急にごめんね。一年生で、朝日奈凪月っていうんだけど、今先生に追いかけられてるの。昼休みの間だけここにいさせて？　ねっ、お願い！」

凪月が、目の前でパチン、と手を合わせる。

「いや、それは別にいいんだけど……っていうか、なんかやらかしたのか……？　先生に追いかけられてるって」

確かによっぽどのことをしないと、教師に追いかけられるなんてことにはなかなかならない。

成田の問いに凪月は照れくさそうに笑った。

「実力考査で全教科十点以下取っちゃってさ。補習かかっちゃったんだよね」

「で、サボってるってわけか」

「あ、いや、サボってるわけじゃないよ。今日の分はちゃんとやりました！」

慌てたように顔の前で手を振る凪月。

「えっ、じゃあなんで？」

「補習は確かにちゃんと受けたんだよね。だけど、その後の補習のテストで改善が全く見られなくって、また五点取っちゃって。そこからもう先生カンカンでさ。なんかとっさに逃げちゃって、こうやって追いかけられてるの」

「なるほどな」

成田が呆《あき》れたように言う。

そうだ……原作でもこんな感じだった。頭が良くない設定のキャラではあったけど、運動神経抜群で、所属している陸上部では一年生のこの時期にして既に次期エース候補としての噂《うわさ》が。ポジティブで明るくて、場を和ませてみんなを癒やす存在。

実際に目の前にすると綾芽《あやめ》や神奈《かんな》同様、感動する。

「二人はいつもここでお昼ご飯食べてるの？」

「まぁ、そうだな。人来ないからいいなって話になって」

成田が答え、俺が頷《うなず》く。

立ち入りが禁止されている屋上に続く階段だから、静かだし、明るくて飯を食べるにはうってつけの場所なのだ。

ふぅん、と凪月は頷いた。

「そういえば、まだ二人の名前聞いてなかったかも！　聞いてもいい？」

「オレは成田俊一《しゅんいち》」

「……俺は錦小路楓《かえで》だ」

できれば名前は言いたくなかったんだけど。

〝錦小路楓〟の名前はこの高校の内部生の間ではかなり有名みたいだし。それにうちのクラスでは、もうかなり悪名が広まってるみたいだし。もし凪月が誰かから中学時代の錦小路の噂を聞くようなことがあればただじゃすまない気がする。

「そっか……！　名前覚えたよ。今日はありがとね。先生ももうどっか行っちゃったみたいだから、なつきは教室に戻る」

「おう。補習頑張って」

成田の言葉に凪月は頷くと、じゃね！　と手を振ってまた軽い足取りで走り去ってしまった。

「すっげぇ足速いな」

「それな」

現実で見た凪月は、やっぱり凪月のままだった。

『セカあい』において凪月が初登場するのは夏休み前の期末テスト後だったから、登場時期は比較的遅い。期末テストで悪い点数を取ってしまった凪月の勉強を、成績が一位だった主人公が夏休み中に見ることになるのだ。それまでに凪月と教師の間でこんなひと悶《もん》着《ちゃく》があったとは。

綾芽にしろ凪月にしろ、ゲームで語られていない背景が見えると、急に原作の物語の見方も変わってくる。まだ話したことがない佐々木《ささき》神奈もたぶんそうだろう。……いや、話さない方が絶対にいいんだけど。

これからどのヒロインとも、これ以上関わりがなければいい。俺の元の性格から考えても、絶対モブだしな。絶対に確実に、物語の主人公にも悪役にもなれない。

「そんなこと言ってたらフラグになりそうだよなぁ」

「え？」

「いや、何でもない」

◇

フラグの回収は、まさかの翌日だった。

いつも通りみんなから遠巻きに見られていた中、教室に入ってきた担任が言ってのけたのだ。

「今日のホームルームではそれぞれの委員会を決めてもらって、来週からさっそく活動してもらおうと思います。生徒会はいったん後で説明するとして、まず学級委員、美化委員、風紀委員、放送委員、保健委員……」

朝礼が終わったあと、担任が委員会の名前を次々と黒板に書いていった。

俺は『セカあい』を何回もプレイし、本編だけでなく、後々発売されたアナザーストーリー、設定資料集を隅から隅まで目を通した。

その情報によると、確か綾芽は生徒会だったはずだ。問題は、残りの二人。神奈と凪月。

チラッと、一番前の席に座っている黒髪ボブの少女を見る。低めの身長、それでいて少しグラマラスな体つき。

入学してからまだ一回も接点のない佐々木神奈だ。

神奈がどの委員会に入るかは分からないけど、とりあえず手を挙げるところさえズラせば大丈夫なはず。

凪月に関してはスポーツが好きなのもあって体育委員とか選びそうだし、文化系を選べばいいだろう。

神奈はさっき一番楽そうな美化委員に手を挙げようと友達と話していた。

つまりここでの俺の最適解は……

「じゃあ、図書委員になりたい人、手を挙げてください」

俺の方をチラチラうかがっていた成田と一緒に、俺は図書委員になった。

「えっ、マジで行くの？　てかそもそも担任もびっくりしてたじゃん。オレらが手挙げたの」

「……まぁ、だって、委員会は行かないとなぁ」

成田は当然、こんな苦しまぎれな言い訳では納得していないようだった。そりゃそうだよな、今のは自分でもどうかと思った。

「中学の時も一回も委員会行ったことなかったじゃん、なのにどうしたんだよ」

「こう、なんていうか、高校では一回ちゃんとしてみようかなって」

◇

数日後、俺と成田は図書室に向かっていた。図書委員の仕事内容の説明を受けるためだ。

きっちり五分前に図書室に辿《たど》り着き、てきとうに後ろの方に座る。

ざっと見渡すかぎり、どちらかというと地味で真面目《まじめ》そうな生徒が多いし、『セカあい』関係者の姿は見えない。今はもう説明が始まる三分前だし、他に生徒も来ないだろう。

良かった。これで平穏な学校生活が確保されそうだ。

いやぁ、ヒロインのうちの一人と主人公と同じクラスってだけでも毎日心臓が凍りそうだからな。せめて委員会くらいは安全じゃないと……

「ほら、急いで！　遅れちゃうから！」

「ごめん、ゆっか。教室に筆箱忘れちゃったから」

「あと二分あるから大丈夫！　まだ始まってないっぽいし！」

比較的図書室が静かになっていた中、勢いよく扉が開かれる。

まず肩くらいの長さの黒髪の女子生徒が入ってきて、次に入ってきたのは、茶髪でポニーテールの美少女。

二人とも空いている席を探そうとキョロキョロしていて、そして、ポニーテールの生徒——朝日奈凪月が俺と成田を見つけて目を丸くした。そのまま黒髪の友人に何かを話しかけて、こっちに来る。

「この前匿《かくま》ってくれた人たちだよね！　その節はどうもありがとうございました！」

「凪月、匿ってくれたってどういうこと？」

俺たちが返事をするより先に、凪月の隣にいた黒髪の女子が聞いた。しっかりした口調だけど可愛《かわい》らしい雰囲気だ。

「この前補習あったじゃん。あの時にさ、先生から姿を隠させてもらってたんだよね」

「ん？　それって凪月、先生から逃げたってこと？」

「で、でもその後ちゃんと戻って補習のテストは合格したから！」

「確かに、補習のテストは合格してた……」

　黒髪の子がふむふむと頷く。

　凪月があの後どうなったのか気になってたけど、補習のテストはパスできたのか。良かった。

「……あっ、すみません。話を遮っちゃって。あたしは生田由香《いくたゆか》です。ごめんなさい、名前を聞いても……？」

　黒髪の女子――生田由香が慌てたように聞いた。俺と成田がそれぞれ名前を言うと、にっこりと微笑《ほほえ》む。

　生田由香という名前は、原作にはいっさい出てきていない。もし登場していても、きっと女子生徒Aとか、そういう扱いだったと思う。つまり、完全なモブキャラだったわけだ。

「二人は同じクラスなのか？」

「あっ、ううん、なつきがスポーツ科で、ゆっかが普通科。中学が同じでさ、仲良かったし、委員会は一緒にしようって約束してたんだよね」

　〝ゆっか〟というのは、たぶん生田のことだろう。

　凪月の言葉通り、生田と凪月はかなり仲が良さそうだ。

　凪月のストーリーは比較的穏やかなのもあって恋愛メインだったから、こんな風に友達と仲良く話す姿なんて見たことなかった。

謎の親目線になって感動していると、えーっと、と比較的大きな声が響いた。教師だ。

盛り上がっているうちに、説明が始まっていたらしい。

「これから図書委員の仕事内容について話したいと思います。皆さん席に着いてもらってると思いますが……ちょうどいいですね。もうこのまま、近くの人と四人一組で班を組んでもらいます。班ごとに仕事を分担してもらおうと思っているので、説明は後々します」

教師の言葉に、目を合わせた。何だかとても嫌な予感がする。

当然のごとく、教師の四人一組という言葉で俺たちは一緒の班にまとめられた。

◇

結果的に俺たちは、水曜日を担当する班になった。

「活動が始まるのは、再来週の昼休みからでしょ？」

「さっそく顔合わせることになるんだな」

「その後も週一だもんね」

成田たちの会話に一人頭を抱える。

触れるなキケン！　の爆発物を毎週取り扱わなきゃいけない気分だ。

当初に立てた計画とあまりに違いすぎるだろこれ。

だけど俺には今の空気を乱して一人違う班に行く勇気はなかった。他の班に欠員が出たり逆に余ってたりしていないのも大変よろしくない。先生に決められてしまった以上口実が全く思いつかないし。

既に仲良くなって盛り上がっている三人を遠い目で見つめる。これはもう引き返すのは無理そうだ。

そもそもこの物語は、主人公が幸せになるためのもの。だからその幸せさえ邪魔しなかったらどうにかなりそうだけど、それにしてはヒロインたちとの接触が多すぎる。

どうにかして、凪月とは話すけどただの図書委員という関係性にとどめないと。俺はもともとコミュ力が高いわけでもないし、別に親密になれるとも思わないけど。

ただ今の俺は、どう考えてもモブ。物語だったら、絶対に主人公に関わる人物にはならない。だからまだ大丈夫。俺は自分に言い聞かせた。

◇

「ねぇ、錦小路くん。さっき数学の丸井《まるい》先生からノート運ぶように言われたんだけど、手伝ってくれない？」

その週の授業後の休み時間、俺の席に一人の男子生徒が寄ってきた。中学時代の知り合いは基本俺のことを避けてるし、高校から入ってきた生徒で間違いない。いや、そんな推理をしなくても、声で誰だかもう分かるんだけど。

「そこにあるやつ……？　〝才田《さいた》〟」

尋ねると俺の真横に立つ少年、そして『セカあい』の主人公である才田奏《かなで》は、にっこりと頷《うなず》いた。

初めて向こうから話しかけてきたのは、三日前。ちょうど俺の高校生活《デスゲーム》が幕を開けてから一週間経《た》った時だった。

まだ話したことなかったから、という理由で、軽い挨拶だけ。それがいつの間にかたまに才田に話しかけられるようになって、今では頼まれごとまで。

なんでなんだよ、才田。ゲームでは錦小路がいじめるまで接点なかったじゃん。他にもクラスにいくらでも男はいるはずなのに、なんでわざわざ俺に話しかけてくんだよ。しかもゲームではオタクでぼっちで人見知りっていう設定だったのに、今めちゃめちゃクラスに馴染《なじ》んでるし。

急激に縮まっていく距離感に、正直ついていけていない。

「丸井先生の授業超眠いよね。僕一番前の席なのにさっき半分寝てたよ」

才田は隣を歩きつつ、にこにこしている。

ゲーム内ではそれこそ、ヒロインたちと関わるまでは全く見せなかった表情だ。錦小路は見るからに不良だと分かるような外見ではないけど、決して才田が積極的に話しかけるような雰囲気ではない。

『セカあい』の中でも最初に才田と錦小路が関わるのは入学式から一週間経った時のことだ。才田が錦小路のナンパから綾芽を助けたことが、錦小路の逆鱗《げきりん》に触れる。そこからいじめが始まるし、同時にヒロインとの関わりも増えていって、エロゲとして本格的に物語が始まる。

つまり俺が綾芽にしつこく絡まなかった以上、才田と俺との接点はないはずなのだ。

「そういえば錦小路くんって、いつも授業中起きてるよね。どうやって起きてるの？」

ぼーっと考えながら歩いていたら、いつの間にか話を振られていた。全く聞いてなかった。危ない危ない。

「いや、普通に起きていようと思ったら起きていられるっていうか」

Notebook

「僕起きてようと思っても丸井先生の授業だけは無理だよ。すごいね」

元のゲーム通り、才田は真面目な性格なようだ。ただ授業中寝るようなタイプだったかと言われるとそうでもないような……

俺が起きていられるのはいつ死ぬか分からないせいだ。冗談抜きに、元のエロゲでは予想もつかないような事故に錦小路が巻き込まれたりもしていた。準備は万全にしておくに越したことはない。

「そういえば成田くんとは同じ中学校なの？」

「まぁ、中学から内部進学だからな……なんで？」

「いや、錦小路くんと成田くん、仲良さそうだなって思ってたからさ」

一応才田には成田と俺が仲が良いように見えてたんだな。客観的に見ても仲良く見えているのなら、少し安心した。まぁ確かに成田以外とはほぼ喋《しゃべ》らないって決めてたから他の生徒とは必然的に関わりがないし。

できれば才田とも話したくないって思ってたんだけどな……無視するわけにもいかないし、しょうがない。変に避けたりすれば、余計に怪しまれたり絡まれたりするかもしれない。できればこれから当たり障りなく接していければ良しとしよう。

その日はノートを職員室まで運んで、教室まで戻ったところで解散になった。

◇

「そういえば来週席替えあるらしいよ」

その日の昼休み、成田と一緒に教室に戻ってきてすぐ、才田が近づいてきた。成田と昼ご飯を食べていた間に発表されていたらしい。

「えっ、マジで。オレ後ろから二番目の席だったのになぁ」

隣で落胆する成田。もちろん成田はこの世界がどういう方向に向かっていくかを知らないから、俺以外の生徒とも全然気にせず話している。元のゲームでは成田と錦小路ともどもバッドエンドとかあったんだけどな。まぁ、知らぬが仏ってやつだ。それに成田までゲームと違う動きをしてしまったら、それこそ『ゲームのバグ』状態になりそうだし。

「そっか成田くん、後ろの席だったよね。僕は一番前だから早く席替えしてほしかったっていうか。錦小路くんと成田くんは階段の踊り場でご飯食べてるでしょ？　だから伝えないとなって」

……いやちょっと待て。俺、才田に踊り場でご飯食べてるの言ったことあったっけ？

錦小路はゲーム内でも、屋上に繋《つな》がる階段の踊り場で昼飯を食べていた。立入禁止のエリアだったが、錦小路なので教師に怒られることもなく、占領していたのだ。ゲームをプレイしていたかぎり、その情報が出てきたのは結構終盤の方だったし、なぜか他の生徒も知らなかった。俺が転生してきてからは、成田に誰にも言わないように頼んでいる。昼休みくらいは、リスクをとりたくないからだ。

〝つまり今目の前にいる才田は、ゲームをプレイしないと分からない情報を知っている〟

「いやぁ、でももう席替えかぁ。早いな」

「まぁ入学してから二週間くらい経ってるからね。もうすぐ遠足もあるし」

「中学卒業してからあっという間だな」

「だね……錦小路くん？」

才田が顔を覗《のぞ》き込んでくる。どうやら全く話さない俺を不思議に思ったらしい。

「あぁ、えっと、うん。そうだな」

てきとうに相槌《あいづち》を打てば、二人はまたそれぞれ話し出した。それを見届けて、俺ももう一度考えなおす。

……確かによく考えれば、いや、よく考えなくても、才田の行動はずっと変だった。

原作とはかけ離れたキャラクター性。不良と優等生――どう考えても正反対の二人なのに、積極的に話しかけてくる。そして今みたいな、ゲームをプレイしていないと出てこないような発言。

才田に最初に話しかけられた時、バグが起きたのかと思っていた。俺という異物が紛れ込んだことで起きたバグ。

でも……普通に考えて、俺だけが転生者だなんて、そっちの方が考えにくい。

『セカあい』は、比較的人気のエロゲだったんだ。プレイしていたユーザーは相当な数だったはずだ。俺は結局見れなかったけど、アニメ化まで決まっていた。

つまり才田も転生していて、その中身が『セカあい』の結末を知っていた。そう考えるとしっくりくる。

……じゃあ才田の目的はなんだ？　俺が今まで知らなかったんだから、向こうが俺も転生したって知らない可能性だって十二分にある。ゲーム本編では錦小路にコテンパンにいじめられてたんだから、できるだけ距離を取りたいはずだ。

「あっ、そうだ錦小路くん、成田くん」

いつの間にか話はかなり進んでいたみたいだ。ちょっと耳に入ってきたワード的に、遠足について話していたんだと思う。

――春の遠足。『セカあい』の物語が始まって、一番最初の大きなイベントだ。ヒロインのうちの一人、「佐々木神奈」とのメインストーリーでもある。

「遠足の班分け、一緒にならない？」

清く、正しく、モブらしく――それが俺の今のモットーだ。

一方で最初のイベントで集まるのは、主人公と、彼をいじめる悪役、そしてメインヒロイン。早速自分に課したルールが崩れつつあった。

「で、今日のホームルームなんですけど」

担任がトン、と教卓の上に箱を二つ置く。

「再来週遠足があるのは何回かお話ししたと思うのですが、その班決めです。皆さんまだ入学したてでクラス全員と交流できているわけではないと思うので、男女それぞれくじ引きにしたいと思います」

どうやら箱はくじ引き用のものだったらしい。

正直自由だと才田《さいた》と組まなきゃいけなかったから助かった。成田《なりた》は乗り気だったし、俺にも断る理由がなかったし。そもそも才田は才田で行動とか性格に違和感しかないし。

「この箱を皆さんで回してもらって、箱の中に入っている紙を一人一枚取ってください。紙には一から十までの数字が書かれていて、それが班の番号です。全員に行き渡ったら、班ごとに集まって遠足の計画を立ててもらおうと思います。今回の遠足は班ごとに自由行動なので」

担任の言葉に、教室中が沸いた。まぁ、資料館とか寺院とかに行くのが高校生の遠足の定番だもんな。行程まで自分たちで決めさせてくれるなんて珍しい。

回ってきた箱の中に手を入れて、紙きれを取り出す……五班か。

「錦小路《にしきこうじ》、何班だった？」

成田が振り向いて尋ねる。

「俺五班だった」

「あ～、じゃあ違うな。オレ一班だったから」

成田と違う班になってしまったのはかなり痛い。せめて成田とさえ一緒だったら、遠足の間は彼と会話するだけで済むはずだったのに。

……まぁ、そんなことより一番の問題は才田か。何がどうなってるのか、才田はクラスの中でも今かなり顔が広い。もし『セカあい』には出てこなかった生徒と仲良くなっても、その生徒が才田と既に知り合っていて、そこから才田に繋がる可能性がある。

「はい。全員に行き渡ったと思うので、班ごとに分かれましょうか。え～っと、廊下側を一班にしようかな。で、窓側が十班。じゃ、それぞれ移動してください」

クラスメイトが動き出したのに合わせて、俺も席を立った。

なんとなく、本当になんとなくだけど、俺の一挙手一投足に視線を感じる気がする。たぶんみんな、遠足では錦小路と一緒の班になりたくないんだろう。気持ちはよく分かる。錦小路は気性が荒くて暴力的なだけじゃなく、なまじ権力と金がある。どう考えても絡むとややこしい。

だからよりいっそう、才田が俺に近づいてくるのが不思議でしょうがないんだけどな。

真ん中の方の席に着いたところで、担任が説明を始めた。

曰《いわ》く、今回は場所だけ決められていて、その範囲内での行程は自由らしい。集合時間などのこまごました時間を聞き流しつつ、同じ班のメンツを確認する。

まず、ゲーム内では見たことない男子と女子が一人ずつ。二人とも視線を落として暗い顔をしている。明らかに落ち込んでいるようだ。

そして、そんな二人とは対照的にしっかりと顔を上げて説明を聞いている女子が一人。

佐々木神奈《ささきかんな》だ。

正直、才田の次に同じ班になりたくなかった。この遠足のイベントは、『セカあい』においてかなり重要なものだ。才田と神奈が仲を深める機会であり、同時に神奈ルートにおいて才田と錦小路が対立する場面でもある。

つまり、俺の神奈への接し方次第では、強制的に神奈ルートに組み込まれる可能性がなきにしもあらず。一言で言うと、かなりまずい。

「じゃ、それぞれ作業を始めてください。まとめたプリントだけ提出してくださいね」

悶々《もんもん》としているうちに、いつの間にか説明は終わっていた。

他の班は和気あいあいとしている。一方、俺の班はといえば、まるでお通夜のように沈み切った空気が漂っていた。

「ど、どこ行こっか？」

神奈だけが困った顔一つ見せず、爽やかに微笑《ほほえ》む。さすがに口調からちょっと困った気配はしているけど。

他の二人は黙ったままだ。しかも少し怯《おび》えたような表情をしている。申し訳ないが、もう俺にはどうしようもない。

「さ、佐々木さんは、ど、どこ行きたいんだ……？」

一分くらい経《た》って、男子生徒の方がやっと口を開いた。確か苗字《みょうじ》は三木《みき》。高校入学組だったはずだ。クラスでは目立つ方だと思うけど、才田と話している姿はあまり見かけない。ていうか直接中学時代の錦小路を知らないのにこの口調って、いったい俺はどんな風に語り継がれてるんだよ。

「んー？　わたしはね、美味《おい》しいカフェがたくさんあるみたいだから行ってみたいな。あ、あとね！　近くに小さめの水族館？　みたいなのがあるみたいで」

「す、水族館か。確かにそこ有名だって聞いたことある」

まだみんなのやり取りはぎこちないものの、完全に凍っていた空気が、ほんの少しずつ、神奈のおかげでほぐれてきているのを感じる。さすが学園のアイドルと言われるだけあって、態度とかもいつも通りで余裕を感じるし、何より可愛《かわい》い。見た目だけじゃなくて、話し方というべきか。

神奈は頷《うなず》いた後、俺の目をまっすぐに見つめてきた。えっ、マジで……？

「錦小路くんは、行きたいところとかある？」

「俺は……えっと、みんなの行きたいところでいいかな」

まさか俺にまで聞いてくるとは思わず、動揺しつつ答えると、神奈は分かったと俺にも笑顔を向ける。もしかしたら天使なのでは……？　と思ってしまうほどの、優しい笑みだ。

神奈は山田《やまだ》という女子生徒にも尋ね、俺と同じような意見を受け取った。山田も小動物感があるが、神奈とは対照的に人見知りなのかあまり活発に話しているイメージはない。現に、今もかなり怖がっているようだ。

「そっかー！　じゃあわたしもいろいろ考えたいからさ、みんなで嫌とかそれがいいとか、こういうのしたいとかまとめようか。ね、みんなそれでいい？」

「そうだな。みんなで案出していくか」

三木が頷き、やっと本格的に話が動き出していく。俺に遠慮してか、さっきまで全然口を開かなかった山田もどんどん話をしていた。俺も適度に提案して、適度に相槌を打つ。

——これが、佐々木神奈か。

あんなに最悪な雰囲気だったのに、みんないつの間にか打ち解けている。山田も三木も、俺に話を振りさえしていた。

カースト上位で、クラスの中心人物。あざとくて実際とんでもなく可愛いのに、なぜだか鼻につかない。

「ねぇ錦小路くん、遠足の行程、これでいいかな？」

神奈が俺を見てにっこりと微笑む。裏表の全くなさそうな、あどけない表情だ。

「うん。俺もそれでいいと思う」

「良かった……あっ、ちょうどチャイム鳴ったね。じゃあ、これでいこっか。遠足、すごく楽しみ！」

ホームルームの時間内に、みんなの行きたい場所もちゃんとまとまった。それもこれも全部神奈のおかげだ。

とにかくこの時間だけでもうまくいって良かった。もし神奈がいなかったら、どうなっていたか分かったもんじゃない。他の生徒だけでは委縮したまま何も決まらなかったかもしれないし、俺だってそんな状態のクラスメイトとスムーズに会話できるほどコミュ力があるわけじゃない。

本当に神奈がいてくれてよかった……そう、俺の死亡フラグさえなかったら。

◇

——というのが、先週の話だ。

「……終わった」

朝起きてそうそう、俺は頭を抱えた。スマホのアラームを止めるのも忘れて、カレンダーで日付を確認する。

「四月二十六日月曜日。間違いない、か……」

半ば絶望しつつそう呟《つぶや》くと、俺はへなへなともう一度ベッドに座り込んだ。相変わらずけたたましく鳴り響くアラームをやっと止める。

一応今日の天気も検索してみたが、ここ最近ないほどの晴天だった。大雨での場所の変更や延期はなさそうだ。

俺はもう一度頭を抱えた。どうやらもう逃れられないらしい。

——今日はまぎれもない、遠足当日である。

◇

「まぁ、とはいえ体調不良ってことにすれば休むことはできるんだよな」

制服に袖を通しつつ、考える。

先週からずっと頭の隅にはあったことだ。遠足を休んでしまえば、これ以上神奈との関わりもなくなる。つまり、ゲーム世界とも無関係のまま。

錦小路の家柄を考えるに、診断書の偽造なんか簡単そうだし……いや、高校での欠席なんて担任に連絡するだけで良かったか。

一応ここまで欠席せずにやってきたわけだし、一日くらい休んでもいいかもしれない。

「ただなぁ……」

俺はため息をついて、スマホのチャットアプリを開いた。昨日の夜から今朝までで三十五件溜《た》まっている。うち、十件は合コンで知り合ったらしい女性たちだ。

残りの二十五件は、今回の遠足のメンバーのグループチャット。前日夜からかなり盛り上がっていた。

一応俺もスタンプだけ送っておいたが、神奈にいい感じにいじられていた。他二人もそれに追随している。あんなに怖がられていたのが嘘《うそ》みたいだ。

「問題はこれっていうか……いやそもそもの問題は俺なんだけど」

いまだに会話が続いているグループチャットをもう一度見る。

俺のせいで、最初班の雰囲気は最悪だった。それを変えてくれたのは他でもない神奈だ。

神奈は内部生だから錦小路の荒れ具合も知っていただろうに、積極的に話しかけて、かつ気も遣って――山田と三木が怖がらなくて済むように、そして俺が、班の中で浮かないように。

もし俺が今日休めば、そんな神奈の努力が全て水の泡になってしまう。

「行くだけなら……行くだけなら大丈夫、だよな……？」

俺はもう一度ため息をついて、準備の続きを始めた。

この世界に来てからの俺のモットーは、清く正しくモブらしく、だ。

遠足に行ったところで、主人公のプレイしている世界に干渉さえしなければそれでいい。

それに、ゲーム内の神奈は……明るいだけじゃなかったし。

そこまで思い出したところで、俺は家を出た。

◇

「あっ、錦小路くん来たよ！」

「これで班全員揃《そろ》ったか」

「最初は水族館からだったよね。ね、神奈ちゃん！」

集合時間の十分前には着いたはずだったのに、俺以外の全員はもう揃っていた。

「ごめん、待たせて」

謝ると、三木がいや、と頭を振る。

「俺もさっき来たとこだから」

「そうそう、わたしもついさっき来たんだ。だから全然待ってないよ」

神奈も三木の隣に一歩踏み出てそう言った。神奈の腕にぴっとりとひっついている山田も頷く。

原作に関与してしまう可能性が高まったとはいえ、班が優しい人たちばかりで良かった。今まで錦小路が何をやってきたのかは正確に分からないわけだし、一緒になったクラスメイトによっては報復される可能性だってあったわけだ。

神奈がさて、と切り出す。

「えーっと、担任の先生への出席確認は全員済んでるからもう出発しようか……ん？　水族館の方向ってこっちで合ってたっけ？」

「いや佐々木、それは反対だ。水族館はこっち」

「三木くん……こっちの方向じゃなかった……？」

各々違う方向を主張する三人に戸惑いつつ、俺もまた、誰とも被《かぶ》っていない方を指さす。

「……いや、こっちだろ」

「マジか……全員綺麗《きれい》に分かれたな」

三木が呆然《ぼうぜん》とした様子で呟いた。

俺は昨日事前に調べておいた地図をもう一度確認してみた。ここに来たことはないから確証はないけど、建物の位置関係から見るに合っている気はするんだけどな。

神奈もスマホを取り出して、今度はマップの音声案内を起動した。左に、二百メートル。

やっぱり俺の言った方向じゃないか？

「うーん。あれっ、錦小路くんが正しいかも」

みんなで審議に入っている中、神奈が首をひねりつつ言う。

「左ってこっち、だよね……？　たぶん」

「あっ、確かに。錦小路が言ってた方向だな」

神奈の言葉に、スマホを覗《のぞ》き込んだ三木も頷いた。

「ごめんね、わたし、方向音痴でさ」

「あっ、実は俺もなんだよな」

「わ、私も……」

神奈の自己申告に、他二人も続いた。

となれば、この中で唯一道が分かるのは俺だけか。

前世から方向音痴ではなかったけど、錦小路に転生してからもっと地図が読めるようになった気がする。この体の持ち主の地頭がいいという記述は原作内でさんざんされていたから、そのせいかもしれない。

「いやぁ、錦小路がいて良かったよ。今日結構混んでるしな。はぐれたらやばそうだからさ」

「そうそう。ほんと、わたしたちだけだったらどうなってたか」

今もまだ、ここに来たことをほんの少しだけ後悔していた。

でも、三木と神奈がそう言ってくれるなら、良かったのかもしれない。神奈の後ろで山田も何回も頷いてるし。

◇

気を取り直して出発し、しばらく歩くと水族館のロゴのついた建物が見えてきた。

受付で券を買い、中に入る。エントランスから一歩踏み込めば、そこには幻想的な空間が広がっていた。

「すごい、綺麗……」

誰かが小さく呟く。

最初はアーチ型のゲートで、水槽が頭上を越えて一周俺たちを囲っていた。ほどよく暗く、混んではいるもののどこか落ち着く。

「ほんとに。私、水族館なんて、小学生ぶりかも」

「俺も最近行ってないなぁ」

思い返してみれば、俺も水族館なんて久しく行っていない。前世で高校の修学旅行の行き先が沖縄だったから、それが最後な気がする。

「ねっ、あの魚なんか可愛《かわい》くない？」

「確かに。おじさんみたいな顔してて可愛い！」

はしゃいでいる女子二人を横目に水槽を眺めていると、いつの間にか三木が隣に立っていた。

俺に向けた目線は何か言いたげだ。

もしかして知らない間に何かやらかしていたのかと身構える。よく考えれば、女子二人はこうやって盛り上がってるんだし、俺も三木にもっと話しかけた方がよかったんじゃ……

ぐるぐると考えていると、ようやく三木は口を開いた。

「えっと、錦小路……？」

「な、なに？」

「いや、あのさ、変なこと言うんだけど、なんか錦小路って思ってたより話しやすいなって」

「えっ、そう？」

思いがけない言葉に、声がひっくり返りそうになる。

「ほらその……俺高校からだから中学からの人とかあんま知らなくてさ。それで、なんていうかクール？　な人なのかと思ってたけど、案外ほら……」

「そっ……か。ありがとう」

もしかしたら彼なりに、噂《うわさ》の渦中にある俺を気遣ってくれたのかもしれない。クラスメイトの怯《おび》えようを見るに、クールではとても言い表せないと思うし。

そうか……でも、そんな風に見えていたのなら良かった。

俺が転生してきてからかなり経《た》ったけど、少しでも怖さが薄らいでいるのなら。モブ冥《みよう》利《り》につきる。

「ねぇ、三木くん、錦小路くん。次のブース行こっ！」

神奈と山田から声をかけられる。いつの間にか見終わっていたらしい。

俺と三木は彼女たちに続いて、順路を進んだ。

◇

「あー、楽しかったー！」

「マジで綺麗だったな。特にほら、北極圏の展示」

「クリオネ、可愛かった……」

二時間ほどかけて、水族館を巡り終えた。

たまに三木と話したり、ちょっとだけお土産《みやげ》を買ったり。なんだかんだ前世で高校生だった時より楽しんでいるかもしれない。

「いったんお昼挟んで……えっと、この近くのお店だよね。パスタが美味《おい》しいって書いてあったところ」

「あっ、そこだな。この先をまっすぐ行って、右に曲が……左か？　いや、錦小路に任せた方がいいか」

三木に言われた通り、俺は列の先頭に立った。神奈が用意してくれていたマップを頼りに案内する。

三人の話をなんとなく聞きつつ、確認のためにスマホを見たところで、隣に人が立つ気配を感じた。身長的に……神奈？

「錦小路くん、楽しい？」

いたずらっぽい笑顔で尋ねられて、少しだけ戸惑う。

「う、うん。楽しい、けど」

「じゃあ良かったー！　わたし錦小路くんと同じクラスになったことないでしょ。だから、ごめんね、錦小路くんのことあんまり知らなくて……でも楽しんでくれてるなら嬉《うれ》しい！　わたしがたくさん案とか出しちゃったからさ、ちょっと不安だったの。でも錦小路くんに楽しいって言ってもらえて安心した！」

そうか、錦小路と神奈は今まで接点なかったのか……良かった。さすがに錦小路のやらかしたことについては噂で聞いて知っていただろうけど、でも二人の間に何もなかったことが分かっただけでもだいぶ大きい。どちらも目立つタイプだし、どこかで関係があってもおかしくなかった。

錦小路が過去に執拗《しつよう》にナンパしてたとかだったら、今回の遠足は最悪なものだっただろう。俺が悪役認定されて、結果神奈ルートに突入する、なんてことも十分考えられた。

「今日、スムーズに動けてるのも、みんなが仲良くなれたのも全部佐々木さんのおかげだしさ……ありがとう」

素直に感謝を伝えると、神奈は照れたように顔の前で手を振った。

「そんなそんな。わたしは大したことしてないよ」

「でもほら、最終的にお店とか調べてまとめてくれたのも佐々木さんだっただろ？」

「うーん。わたしの癖みたいなものなんだけど……でもそう言ってもらえるとすごく嬉しい。錦小路くん、褒め上手《じょうず》だね」

神奈はニコニコと笑う。

さすが原作でも現実でもあざといと言われるだけある。男子だけじゃなくて女子にもこの調子だから、同性のファンも多かったはずだ。

実際、一点の曇りもない笑顔を浮かべる神奈はとんでもなく可愛い。

「そうかな。ありがとう……あ、もう着くっぽい」

「ほんと？　やったー。もうお腹《なか》ペコペコ」

後ろを歩いている二人にも声をかけ、俺たちは店に入った。

朝あんなに悩んでいたのが嘘《うそ》かと思うほど、今のところはうまくいっている。主人公と関わる気配もないし、これは神奈ルートには突入せずに済むんじゃないか？　いやぁ、俺も考えすぎてたかもな。そもそも『セカあい』って悪役がいるだけのただのエロゲだし？　錦小路が問題なだけで特別世界観がバイオレンスなわけでもないし。

あとは何事もなくこの遠足さえ乗り切れば大丈夫だ。着実に死亡フラグは回避されていっている……はず！

◇

「……なんて思ってた過去の自分が恨めしいな」

俺はスマホを片手にため息をついた。

「まさか俺自身が迷子になるとは……」

あの後みんなで美味しくご飯を食べた……ところまでは良かった。

次の行き先が有名な観光地らしく、かつフェスだかイベントだかをやっていて、人でごった返していた。あれよあれよという間に人波に呑《の》まれてしまい、班の人たちとはぐれて気づけば一人に。

ここでの行程は詳しく決めていなかったし、下手《へた》に動いたらもっとややこしいことになるだろう。なんせ人が多すぎて神奈たちを探すこともままならない。そもそも連絡先なんて知らないし。もう一度ため息をついた瞬間、スマホが振動した。電話だ。

「神奈……？」

神奈は俺の連絡先を知らないはずだ。どこで入手したのだろうかと疑問に思いつつ電話を取る。

「もしもし佐々木さん？」

『あっ、もしもし錦小路くん？　急に電話してごめんね』

すぐに通話ボタンを押すと、神奈の声は思ったよりも沈んでいた。しかも人で混んでいるはずなのに、いっさい雑音が聞こえてこない。

「いや……どうした？」

『えっと、道、迷っちゃって……今錦小路くんたちってどこにいるの？』

想定外の言葉に少し驚く。そういうことか。

「あ〜、ごめん、今俺もはぐれてて」

『えっ、ほんと？』

「うん」

たぶん神奈も、さっきのポイントではぐれてしまったと見た。自力で班の人たちを探そうと頑張っているうちに自分がどこにいるのか分からなくなった、というのが大体の筋だろう。

『どうしよっか。できれば錦小路くんのところに行きたいけど……』

「うーん。俺も今いるところ、具体的に説明できないしなぁ」

いったん周りを見回してみた。屋台だらけで、目印になりそうなものはない。何より人が多すぎて、合流するのは難しそうだ。

『ほんとごめんね』

「謝る必要ないだろ。はぐれたのは俺も同じだし」

『でも……』

電話の向こうから、かなり神奈が落ち込んでいるらしい様子が伝わってくる。

準備だって念入りにしてくれていたし、余計に責任を感じているのかもしれない……まぁ、確かにはぐれたら班の人に迷惑もかけるし、俺もさっきまで罪悪感で死にそうだったけど。

今ここで神奈と二人きりにはなりたくない。そんな状況で才田と出くわしたりなんかしたら最悪だ。ほぼ確実に神奈ルートが始まってしまうだろう。ちなみに神奈ルートの錦小路の死因は、神奈を追い詰め、そして犯罪レベルで付け回している途中に折れた電柱が上に倒れてくるというものだ。そこまで行くともう俺には防ぎようがない。

他の二人がどうなっているのかも気になるし、できればはぐれてしまった同士の神奈とは合流しておきたい。

「とりあえずスマホの位置情報送ってみて。そしたらたぶん佐々木のいるところは分かるから」

『う、うん』

しばらくしてから、チャットに地図のスクショが送られてきた。場所は……俺のいるところから歩いて十五分といったところか。

「とりあえず俺がそっち行くよ。ここ人多いし……たぶんそっちはあんまり人いないよね？」

『うん。人はそんなにいない……でもいいの？　ここ、けっこう遠いと思うんだけど』

「いいから。じゃ、とりあえず切るな」

『あ、ありがとう』

通話が終わってそのまま、スマホでマップアプリを開く。

地図に従えばどうにでもなるはずだ。ついでに他の二人も探して、見つけ出せれば上出来。

そう意気込み、歩き始める。人混みの中、うちの高校の制服はちらほら見かけた。でも、山田と三木じゃない。せめてクラスメイトだったら、声をかけて二人を見かけていないか聞けるんだけどな……。

五分ほど歩いたところで、不意に肩を叩《たた》かれた。

「三木……!? あっ、いや、才田か」

もしかして向こうが気づいてくれたのかと振り返ると、そこにいたのは才田だった。才田は一人じゃないから、単にはぐれたっぽい俺を気にかけてくれたのだろう。

「錦小路くん、やっと見つけた……！」

「もしかして、山田と三木に会ったのか……？」

「そうそう。山田さんと三木くん、ついさっき会ったんだけどさ、錦小路くんに会ったらあっちの方で待ってるって伝えてほしいって頼まれて。なんか緊急事態で、どうしても錦小路くんの力が必要らしくてさ。ちょうど良かったよ。二人ともすごく探してるみたいだったから」

「緊急事態……？」

「詳しくは分からないんだけどね。とにかく、錦小路くんを呼んでほしいって」

どうしても俺の力が必要な緊急事態……？　全く状況は呑み込めないけど、とりあえず向かった方がいいことは確かだろう。

それに二人と合流してから神奈を迎えに行けば、神奈と二人きりにならなくて済む。

才田にお礼を言って、俺は山田と三木を探し始めた。才田の口調からは、すぐ近くにいるはずだ。神奈に連絡……は二人に会えてからでいいか。

人をかき分け、とにかくそれらしきところを歩き回る。だけど、二人の姿はおろか、うちの学校の生徒さえ見つからない。

「才田と話してから待ってる場所変えたとか……？」

もう十分は探している。観光地から外れた路地も覗《のぞ》いてみたが、どこにもいる気配はなかった。

これ以上待ち合わせに使えそうなところは思いつかない。

「あぁもう、とりあえず連絡……」

スマホの電源を入れようとして、気づいた。充電切れだ。

「マジかよ……」

神奈のいる場所はなんとなく分かっている。急がないと心配させてしまうだろう。いったん神奈と一緒になった方がいいかもしれない。一応近くに山田と三木がいないか探しつつ、俺は早足で歩き始めた。

◇

「で、この道を右、だっけ……？」

神奈を探し始めてしばらく経《た》った。とりあえずそれらしき方向には進んでいるが、全然辿《たど》り着かない。くそっ、なんで充電切れしそうなことに気づかなかったんだよ。

「しかもなぁ……」

腕についた水滴を払いのける。さっきから、雨が降り出していた。

天気予報では晴れだったはずなんだけどな。

制服もかなり湿っている。この感じだと、本降りになるのもすぐだろう。傘は持ってきていないから、神奈を見つけ次第すぐ雨宿りできそうなところを探し出さないと。

やっとの思いで、近くらしきところに来た頃には土砂降りになっていた。全身ビショビショだ。最悪すぎる。

賑《にぎ》わっていたところからは外れて、人通りの全くない道に出た。その中に、人並み外れた美少女を見つける。ほぼ走っている状態だった俺は、肩で息をしていた。

「佐々木さん！」

俺が彼女に声をかけたタイミングで、すぐに向こうも俺に気づいたみたいだった。ぱぁっと表情が明るくなる。

「錦小路くん……！」

「いや、ほんと見つけられて良かった……遅くなってごめん……」

「ごめん、わたし、たぶん分かりにくいところを行っちゃってて……」

「ちょっと、いろいろあって、連絡できなくてさ、ごめん。っていうか、佐々木さん、もしかしてずっとここで……？」

土砂降りの中、神奈が待っていたのは、屋根も何もないただの道のど真ん中だった。髪も制服も全部びっしょり濡《ぬ》れている。

「う、うん。もしわたしがここから動いちゃったら、場所分かんなくなっちゃうかなって。えっと、どうしよう……」

「とりあえず雨宿りできそうなところ探そう」

「あっ、あそこいけるかも！」

神奈に手を取られたまま、俺たちはバス停に駆け込んだ。壁と屋根がついていて、運がいいことにベンチまで設置してある。

「これ、帰りどうしよう……」

ぽつんと神奈が漏らす。制服ももう取り返しがつかないくらいびっしょびしょだからな。この短時間で乾くとも思えないし。

「そうだよな。その問題が……」

俺は神奈の方を見て、目を逸《そ》らした。

神奈が今日トップスとして着ているのは、制服のシャツだけ。しかも、さっきまでずっと大雨に打たれていた。

要するに。

透けてるんだよなぁ、水色の下着が。

◇

——さて、俺はここからどうするべきか。

良かったのかどうかはさておき、俺は今カーディガンを持ってきている。しかも、リュックの中に入れていたからそこまで濡れていないはず。

つまり神奈にカーディガンを渡せばそれで済む……そう、カーディガンさえ渡せば。

今までの人生を振り返ってみても、こんな状況になったことはおろか、ろくに女子と話したこともないから正解が分からん。前世で読んだ漫画とかの記憶だと、みんな無言で相手の肩にかけていたけど……いや、それはさすがに高度すぎないか？

かといって何もしないわけにはいかない。後から透けてるのに気づくとか、どう考えても嫌だよな。

「えーっと、あのー」

「どうしたの？」

「あー、いや、寒くない？」

頭を悩ませた末にひねり出したのは、強引すぎる作戦だった。案の定、神奈はキョトンとしている。

「さすがに濡れたから寒いのは寒いけど……錦小路くん、寒い？　わたしハンカチ持ってるよ」

「いや大丈夫、俺は寒くないから。全然、ほんと、大丈夫」

ハンカチを取り出した神奈の申し出を、丁重に断る。

「そっか、でもなんで……？」

「その、寒いならさ、上着いらない？　俺今日持ってきてるんだけど」

「うーん。我慢できないほどじゃないし。錦小路くんが着てよ。濡らしちゃうのも悪いから」

「そうだな……」

言いくるめられてしまった。聞き方がまずかったか。

「でも俺は寒くないからさ。ほんとに風邪ひくのは良くないから。ほら、これ濡れてないし」

「わたしそこまで寒くないから大丈夫だよ？」

「いやー、その……」

「ん？」

ついに神奈がキョトンを通り越して、不思議そうに首を傾《かし》げた。

これはもう、回りくどいことはせずに直接言ってしまった方がいいかもしれない。さりげなく言えばきっと大丈夫なはずだ。そう、さりげなく。

俺が静かに覚悟を決めた瞬間だった。

神奈がふと自分の制服に目を落とし、顔を赤らめた。

「あ～、そういうことか。ごめん。教えてくれてありがとう。カーディガン借りるね。今度お返しする」

「いや、お返しとかは別に」

「ううん。こうして貸してもらってるんだもん。お礼だけはさせて。わたしの気が済まないから」

「……分かった」

頷《うなず》くと、神奈は微笑《ほほえ》んだまま、俺を見つめる。

「錦小路くんって、すごく優しいよね」

「いや、別に優しいわけではないだろ」

「優しいよ。さっきも気遣ってくれたんでしょ」

「それは気遣うっていうか、当たり前っていうか……」

「……そっか。でもわたしは優しいと思う。ありがとう」

やけに真剣な顔で言われる。

もしかしたら噂《うわさ》の渦中にある俺を心配してくれているのかもしれない。

「う、うん。こちらこそ……」

「雨、なかなか止《や》まないね～」

「そうだな。天気予報にも降水情報出てないんだけど」

「通り雨なのかな」

「たぶんそうだろうな」

「錦小路くん寒くない？」

「別にそこまで……佐々木は？」

「わたしは錦小路くんのおかげで寒くないよ」

「そっか。良かった」

神奈は俯《うつむ》きがちなまま、俺の上着の袖をきゅっと握った。

まだ土砂降りで、雨の音以外はあまり聞こえない。そんな中、神奈の声がしんと響いた。

「ねぇ、錦小路くん」

「なに？」

「実はわたし、みんなに内緒にしてることがあるんだけどさ」

神奈の秘密……？

原作をプレイした上で、思い当たることはいくつかある。

ただそれは才田に向けて語られるはずで、確実に俺に言うべきことではない。

「うん」

困惑しつつも相槌《あいづち》を打つと、一息ついて神奈は話し始めた。

「わたし、メイドカフェで働いてるの。わたしの学校、バイト禁止でしょ……？　だから内緒」

「……そうなんだ」

「うん。誰かに言ってみたかったの。錦小路くんはそういうのでなんかこう、いい意味でびっくりしないかなと思って」

「そう、だな……意外だったけど、そこまでびっくりは」

動揺を悟られないように、同意した。内心、心臓バクバクだ。

メイドカフェ関連の話は、確かにゲーム内の神奈ルートでもあった。

主人公がたまたま神奈が働いているメイドカフェに寄り、そこから徐々に接点ができるようになるのだ。確か……神奈がメイドカフェで働いていることを内緒にしてもらう代わりに、主人公のお願いをなんでも聞くとかいうイベントだったと思う。この遠足で神奈を助けたことも相まって、そこから二人はどんどん親密になっていく。

……ならよりいっそう、なんで俺なんだ？

困惑している俺をよそに、神奈はぐーっと伸びをした。

「良かった。あ～なんかスッキリした……あっ、そうだ。もし時間あったら今度来てみてよ。サービスするから」

「えっ」

「ほんと、気が向いたらでいいからね。全然気にしないで」

「いや、それは誘ってもらえて嬉《うれ》しいんだけど……」

そう、お誘い自体は本当に嬉しい。死亡フラグがつきまとうせいで素直に喜べないけど、元はといえばハマっていたゲームのヒロインだ。

――ただ。

悪役の俺にこんな話が来るとか、この世界は今、どこに向かっているんだ？

◇

「先生たちいた。着いたみたい」

出席確認を取った集合場所に、わりとあっけなく到着した。

「これでやっと二人に連絡できるな」

「そうだね。迷惑かけちゃったけど、どうにかなりそうでよかったー」

「だな。ほんと一時はどうなることかと思った」

山田と三木は緊急事態らしいし、神奈のところまで行く間に土砂降りになるし。身が縮むような思いをした。

担任に事情を説明し、山田と三木に電話をしてもらう。しばらくして繋《つな》がったが、だいぶ離れたところにいるとのことだった。才田の言っていた「緊急事態」についても軽く聞いてもらったが、特に困ったことはないらしい。

「どうする？」

担任に尋ねられ、神奈と顔を見合わせる。もう遠足が終わるまであと一時間もない。

「えっと、じゃあ、申し訳ないけどわたしたち二人で回るって伝えてもらってもいいですか？」

「そうなの？　じゃあ伝えておきますね」

担任にお礼を言い、二人で歩き始める。

もう元の目的地に向かうほどの時間もないだろうということで、俺たちはそのままぶらぶら屋台を回ることにした。

観光地を一周するように、食べ物系に、射的やくじなど、お祭りらしいラインナップである。

「ね、ねぇ錦小路くん！　あのソフトクリーム食べていい？」

五分ほど歩いたところで、興奮を隠しきれないといった様子で神奈が聞いてきた。視線の先を辿《たど》ると、「完熟！いちごソフトクリーム」ののぼり。

確かに今日の昼食はそんなに量が多くなかったし、俺も小腹が空《す》いてきた。

「俺も食べようかな」

「ほんとに⁉　やった！」

神奈がガッツポーズをする。原作ではあまり見せなかった無邪気な笑顔だ。正直少し意外でもある。

才田とのストーリーでは、神奈の人には見せない部分にフォーカスされることが多かったからな。

そこから才田に依存するようになるのが物語の大筋だったし、それが神奈ルートの魅力でもあったわけだけど、実際に見ると笑顔の方が断然いい。

鼻歌まじりで嬉しそうに歩く神奈の後ろをついていきながら、俺は原作を思い出していた。親密になると、自分にとっての負の部分をさらけ出していく神奈。エンディング自体はハッピーエンドで綺麗《きれい》にまとめてあったけど、途中で才田に縋《すが》る姿はなかなかこたえるものがあった。才田も才田で何もできずに、そのまま二人で堕落していく。

もし才田じゃなくて、俺だったら。ゲームをプレイしながら何度も考えた。

……まぁ実際、今の俺には何もできないわけだけど。

◇

結局俺がクレープを頼み、神奈がいちごソフトを頼んだ。

「んっ、美味《おい》しい！」

神奈がソフトクリームを頬張りながら言う。いちごソフトクリームにはトッピングが載っていて、クレープもホイップクリームがぎっしり詰まっていた。

「これうまいな」

頷くと、神奈が俺の顔をじっと見る。今、なんか変なこと言ったか？

神奈はしばらくモジモジとしたあと、思い切ったように口を開く。

「あのさ、錦小路くん、嫌じゃなかったらでいいんだけど……その、一口食べてもいい？」

衝撃発言に脳の処理が追い付かない。

俺の聞き間違いじゃなかったら、それはつまり、間接キス的な――カップルでいうところのあ〜ん、的なやつでは？

　神奈の顔を見つめ返すが、首を軽くこてん、と傾けるだけだ。かなりあざとい。あざといけど、神奈にはどこかそれが許されるような雰囲気がある。

「えーっと、嫌ではないけど……」

「嫌ではないけど？」

　なんといっても神奈は『セカあい』のヒロイン。そこらの芸能人やアイドルとは比べ物にならないくらい可愛《かわい》い。

　神奈となら、正直嫌どころじゃなくご褒美だ。もちろんそんなことは言えないので、つとめて平静を装いつつ、クレープを差し出した。

「いや、いいよ」

　最近の高校生はやけに進んでんだな。ペットボトルの回し飲みとかも、カップルか、せめて仲のいい男女間でしかしないと思っていた。

　何もなかった高校生活に思いを馳《は》せていると神奈はぐっとつま先立ちになって、俺のクレープに口をつける。

　……えっ、マジで？

「錦小路くんのクレープめっちゃ美味しい〜！　ありがとう！」

まさか俺の手から直接食べるとは思っていなかった。固まっている俺とは対照的に、神奈はニコニコしている。

それどころか、あっ、そうだ！　とでも言いたげな感じで神奈は自分のソフトクリームを見た。

「錦小路くんも、わたしの食べる？」

さっきの感じと神奈の表情から推測するに、俺も同じようにしないといけないのでは……？

あまりにも難易度上がりすぎじゃないか？

戸惑いつつ、神奈の持ついちごソフトを少しかがんで一口食べた。軽く様子をうかがってみるも、ドン引きされているような気配はない。

ひとまずほっと胸を撫《な》で下ろす。

安心したのもつかの間、神奈は俺の顔をじっと見て一瞬キョトンとしたあと、クスクス笑い出した。もしかしてテンパりすぎていたのだろうか。急に地に落ちたような気分になっていると、彼女は俺の口元を指さした。

「ふふっ、錦小路くん、顔にソフトクリームついてるよ」

「えっ、マジで？」

それっぽい位置を触ってみるが、どうやらまだ取れてはいないらしい。鏡は持っていないし……いや、スマホの画面を使えば鏡代わりにはなるか。

どこにあったっけかなとポケットに手を突っ込んだ瞬間だった。神奈がぐっと背伸びをする。そのまま指で俺の口元を拭った。

「うん。だいじょぶ。もう取れた」

「あ、ありがとう」

小悪魔的に微笑《ほほえ》む神奈はやっぱりあざとい。さすがはエロゲのヒロインなだけある。

◇

「ねぇねぇ錦小路くん。見てあの綿菓子！　ウサギの形してる！　かわいい〜」

ソフトクリームを食べた後、俺たちは他の店を見て回っていた。

「ん〜、でもさっき甘いもの食べたからなぁ。次しょっぱい系食べたいかも。でも甘いものも捨てがたい……」

神奈は一つ一つ店を見ながら、うーん、と顎に手を当てる。どうやらまだ食べる気満々のようだ。

「そうだなぁ。何食べる？」

尋ねると、神奈はんー、と首を捻《ひね》った。

「錦小路くん食べたいものある？」

「そうだなぁ。あっ」

「なになに？」

「いや、焼きそばうまそうだなと思って」

さっきからずっとソースのいい匂いがしていたのだ。前世でも好きな食べ物ランキングの中で五本の指に収まるくらいには好物だったし、こういう屋台の焼きそばって妙に美味しく感じるし。

俺の視線の先にある焼きそば・たこ焼きの文字が書かれた屋根を見て、神奈が頷《うなず》く。

「ほんとだ。そういえばわたしも最近食べてなかったなぁ」

俺もこの世界に来てから一回も食べていない。なんとなく自炊はしていたけど、わざわざ作ろうとは思わなかった。

「よし。食べよっか」

ふむふむと屋台を見ていた神奈がぽんと手を叩《たた》く。

「えっ、いいの？」

「いいのも何もわたしも食べたいし。さっきわたしが食べたいものに付き合ってもらったじゃん。あの焼きそば、美味しそうだよね〜」

甘いものに目がないとキャラクターブックには書いてあったはずなのだが、意外にも神奈は乗り気だ。

二人で焼きそばを買って、飲食ができそうな近くのベンチに腰掛ける。

「んっ。これ美味しい！」

「ほんとだ。うまいな。屋台の焼きそばって妙にうまいよな」

「ね。小学校の時の夏祭り以来だなぁ、わたし」

「俺もそれくらいだなぁ」

前世で住んでいたのが田舎《いなか》だったからか、近くで屋台が出る祭りなんて滅多になかったからな。親に連れられて小学生の時に行ったのが最後だったはずだ。

「こういうのってたまに食べるからよけいに美味しいよね」

「そうだな。うん。マジでうまい」

あとこういうのは外のベンチとかで食べるからいいんだよな。

焼きそばを食べていると、神奈が顔をしょぼしょぼにして口を開いた。

「さっきパスタとソフトクリーム食べたのにまた焼きそば食べてる自分が怖いよ……」

「はは。今日だけで摂取カロリーヤバそうだよなぁ」

本当に高校生の体で良かった。高校生だったら代謝が高いからどうにかカロリーも消費できるだろうし。どれだけ食べても胃もたれしないの、高校生に転生した今になっても羨ましい。

二人で同時に食べ終わり、近くのごみ箱に容器を捨て、また人混みをかき分ける。隣を歩く神奈ははぐれないようにか、かなり距離感が近くて大変心臓に悪い。

「ねっ、次どこ行く?」

「そうだなぁ。そのままブラブラ……しかないよなこの感じ」

時間を確認すると、余裕はなさそうだった。屋台を回るにしても、せいぜいあと一つくらいしか無理だろう。

てきとうな返事だったのに、神奈は嬉《うれ》しそうだ。

「いいねぇ。屋台そこそこ出てるし、まだまだ美味しいものもいっぱいあるし」

「だなぁ。にしても、今日は祭りか何かなのか?」

「うーん、分かんないけど、もともと行程として組んでたお寺あったでしょ。そこのなんか定期的にやる小さなお祭り? みたいで。この辺の観光スポットいろいろ調べてる時に出てきたの」

「なるほどな」

日本準拠とはいえエロゲ世界の観光地だから聞いたことはなかったが、どうやらかなり有名なお寺だったらしい。大学時代の友人から、近くにあったお寺は月一くらいで何かの祭りをやっていたと聞いていたが、それに近いものなのだろう。

「なんかすごい日に遠足なっちゃったね」

「ヤバイよなぁ。そりゃこんだけ人が多いわけだ」

「わたしたち以外にも迷子になっちゃった子いるかも」

「さっきはすごい人混みだったもんな」

食べ物系の屋台はいつの間にか見られなくなって、今度は遊び系というか、金魚すくいとかのあるエリアになった。子どもたちの数がさっきより増えている。

「射的だって！　やってみていい？」

「うん。俺もやろうかな」

「よし。一緒にやろう。あのぬいぐるみ狙ってみる」

神奈が指さしたのは、パンダのぬいぐるみだ。確かに神奈はいつもパンダのマスコットを通学カバンにつけているし、持ち物にもパンダモチーフの物が多い。

キャラクターブックにも動物の中ではパンダが好きなのだと書かれていたような気もす

る。

神奈はぬいぐるみを目がけておもちゃの銃を構える……が、撃った三回とも外れた。

少し悔しそうな、顔をする。

「やっぱ難しいなぁ」

「俺次やってみていい？」

「うん。頑張って！」

神奈が欲しいと言っていたぬいぐるみに向けて俺は銃を構えた。

……きゅるきゅるとした瞳が神奈に似ていなくもない。

集中して狙いをつけて撃つと、一回でぬいぐるみを落とすことができた。

体感だけど錦小路になってから集中力が段違いなんだよな。腹立つことに、錦小路はかなりハイスペックだったらしい。普段生活していても、運動神経とか体力にも前世との違いを感じる。

「えっ、一回で！　錦小路くんすごすぎない⁉」

「そうかな。ありがとう」

「そうだよ！　中学の時も体育の成績でずっと学年一位じゃなかったっけ」

「あぁ、いや、まぁ、筋トレしてるからかな」

突然の新情報にうろたえるが、神奈は全然気にしていないようだ。

それにしても錦小路、そんなに運動神経良かったのか……いや、逆にそんだけハイスペックだったから、悪い意味でみんなの頂点でいられたんだろうな。

納得しながら、受け取ったぬいぐるみを神奈に渡す。

「えっ……？」

「そのためにとったからさ」

「えー。マジ？　ありがとう。嬉しいんだけど……さすがに受け取れないよ」

「でも俺が持ってても困るから」

はい、と押し付けるように渡すと、神奈は渋々受け取った。

「本当にいいの？」

「うん。どうぞ」

「ありがとう……大事にするね」

そう言って、神奈がきゅっとぬいぐるみを抱きしめた。

「やっぱり錦小路くんって、女の人の扱いっていうか、女の人慣れしてるよね」

「そうか？」

「ピンポイントで嬉しいことしてくれるし、それに、中学の頃から女子大生の人とかと付き合ったりしてたじゃん。校門まで来てるの、わたし見たよ」

確かに原作での錦小路はヤリチンのクズだったわけだ。

中坊のくせに女子大生と付き合っていても別に不思議ではない。

俺は隣の神奈の様子をそっとうかがった。特にさっきの発言に含意はないようだ。

神奈は特にあの噂《うわさ》を信じていないみたいだし、全く関わりがないのかと思っていたけど、案外そうでもないらしい……いや、校門に女子大生呼んでたら嫌でも目立つか。

ただ、それはあくまで錦小路の話だ。神奈の言うように俺が女性慣れしているとは到底思えない。大学でも男友達は何人かいたものの、女子と喋《しゃべ》ったことなんてほぼないし。三回淹《い》れた紅茶くらい薄い記憶を引っ張りだしても、授業でのペアワークくらいだ。

今のは自然と体が動いたような感じで、条件反射に近かった。錦小路の記憶……ではない。体に染みついた癖というか。

俺は錦小路の今までの記憶については、ゲームで知ったこと以外何も思い出せていない。とはいえさっきの集中力や運動神経みたいに、身体機能に関することなら覚えているらしい。なんとなく助かっている面もあるような気もする反面、癖になって残るくらい女子と遊んだのかと思うと腹立つけどな。

一通り仮説を立てたところで、これはなんでもないかのように返すしかないかと、俺は腹をくくった。

「まぁ、付き合ったりもしてたけど」

「でしょー？　あっ、ちょっと待って。そろそろ時間かも」

「ほんとだ。もう終わりか」

いつの間にか集合時間になっていたようだ。あっという間で気づかなかった。

指定されていた場所に着くと、もう山田も三木も揃《そろ》っていた。

「そういえば緊急事態ってどうなったんだ？」

「ん？　緊急事態？」

ずっと気になっていたことについて尋ねると、二人とも困ったような顔をする。

「いや、三木と山田が緊急事態に陥ってるからすぐ駆け付けてほしいって言われたんだけど」

二人は顔を見合わせた。三木が怪訝《けげん》そうな顔をしつつ口を開く。

「俺たち、誰とも話してないけどな。先生から連絡くるまでは二人でずっといたし」

勘でしかないけど、三木も山田も嘘《うそ》をつくタイプではない。

……となれば、才田のあの話はなんだったんだ？

「……まぁ、何もなくて良かった！」

どことなく気まずい雰囲気の中、神奈がぽんと手を叩《たた》いた。

「本当にはぐれちゃってごめんね。しかも連絡まで遅くなっちゃって」

神奈の言葉に、二人ともいや、と首を振る。

「あの人混みだったからさ。俺らもたまたま一緒にいただけで、どっちがはぐれたかは分からないし」

うんうん、と三木の隣で山田も首がもげそうなほど頷《うなず》く。

俺からも謝ったあと、全員で担任に帰る旨を伝え、解散した。山田も三木も反対方向の路線だということで、必然的に神奈と二人きりになる。

「今日は楽しかったな～。ちょっと大変だったけど」

「そうだなぁ。はぐれた瞬間はもうどうしようかと」

「あはは。わたしも。それにすごい雨だったもんね、あの時」

二人で遠足について話し込んでいると、あっという間に神奈の最寄り駅になった。

「じゃ、また明日学校でね」

電車を降りる間際、神奈が持っていたパンダのぬいぐるみの手を振った。振り返すとニッコリ笑った。

◇

「とはいえどうしたもんか……」

家に帰ってしばらくぼーっとしたのち、俺は呟《つぶや》いた。

今日の遠足は丸く収まったし楽しくはあったけど、それはそれとして疲れた。大雨の中走ったり、才田の嘘に慌てたり。

――そう、問題はあの才田の嘘だ。

「にしても、つくかねぇ、あんなすぐバレるような嘘」

才田側に立ってゲームをプレイしていたから分かる。平和主義者で、波風立たない生活を好むようなキャラクターだ。わざわざ錦小路を困らせるためだけに、確実にバレるような嘘をつくはずがない。

「となれば、何かしらの意図があるはずだけども……」

あの局面で、理由があってつく嘘。

一人でいた俺は確実に班からはぐれていると見当がつくし、山田と三木が緊急事態に陥っているなんて嘘をついても、俺にはなんの得もない。というか、損しかない。

「……なーんも思いつかんなぁ。実際才田に聞いた方が確実なんだろうが……」

仮に才田が何かしらの意図を持ってあの嘘をついたとして。今のところ考えられる理由は、マイナスなことだけだ。

となれば才田から俺に向けられた感情もまたネガティブなもののはずで。

「まぁ、無難に考えればなんも聞かない方がいいよなぁ……」

そもそも俺にとって、才田と接触することはもはや禁忌だ。ゲームをプレイする上で、主人公の視点というものは欠かせない。

主人公の視点から見て、重要人物になってしまったらおしまいだ。

才田には、既に「錦小路楓《かえで》」として認識されてはいるのだろうが……直接的に衝突するのとしないのでは話が変わってくる。

「とりあえず様子見か……」

俺はため息をついた。ここからどうこうできる気はしない。

別に学校生活に支障をきたしているほどの話じゃない。今回のことはなかったことにして、ひとまずそっとしておけば丸く収まるはずだ。

そう、今の俺はモブ。清く正しくモブらしくがモットーだし、そもそも前世はモブのプロみたいなもんだ。前世の俺のままで振る舞っていれば、自然と物語から外れるだろう。

4章

Chapter 4

翌日、俺が登校すると既に才田《さいた》は席に着いていた。少しだけ様子をうかがいつつ、俺も自分の席に向かう。

教室にはまだあまり人はいない。遠足での話を持ち出すには絶好のチャンス。

とはいえ話しかけるわけにもいかないのでスルーするしかない。

……にしても、暇だな。あまりにも暇すぎる。

一度大学生を経験してしまうと、正直ちゃんと高校生活を送るのはなかなかしんどい。朝もおかしいぐらい早いし、授業は一限から七限までびっしりだし。

一度勉強した範囲だからまだマシなものの、逆に覚えきってしまっているからこそ退屈すぎる。

毎日ドタバタしているせいか、まったり読書をしよう！　なんて気分にもなれず、俺は教科書を取り出した。これは一応前世からの学びだが、勉強だけはしておくに越したことはない。

次の中間テストの範囲でもとてきとうにシャーペンを走らせていると、後ろに人が立つ気配がした。

「錦小路《にしきこうじ》くん」

声をかけるのと同時に肩を叩かれる。一瞬ビクッとしたものの俺はすぐに振り返った。

「あっ、才田か。おはよう」

才田はいつもの爽やかで胡散臭《うさんくさ》い笑みを浮かべながら、俺の手元を覗《のぞ》き込んだ。

「もう中間試験の勉強してるの？　早いね」

「いや、今は暇だったからな。たまたまだ」

前世では、テストは基本前日に一夜漬けしていた。もともと真面目《まじめ》にコツコツやるタイプではないし。

才田はふぅん、と納得したかのように頷くと、そのまま会話を続けた。

「そういえば今日、数学の丸井《まるい》先生休みらしいよ？」

「えっ、マジで？　じゃあ自習？」

「そうそう。ラッキーだよね。今日朝職員室で聞いてきてさ」

数学の授業はやたら眠いわりに、居眠りをしたら教科書で頭を叩いて起こされる。プラス、授業後に毎回出る宿題の量が半端じゃなく多いから、自習になったのはかなり嬉《うれ》しい。
「そういえば才田は学級委員なんだっけ」

「あ〜、まぁ、ほぼ勝手に決められたようなもんだけどね」

「確かにあれは災難だったなぁ」

入学試験の首席は綾芽《あやめ》だったわけだが、次席が才田だった。初めのホームルームの時に、それを知っていた担任が才田を学級委員に推薦したのだ。

教師の推薦ともあれば当然反対する生徒はおらず、才田は泣く泣く学級委員となった。

まるで昨日のことなど何もなかったかのように、才田は雑談を続けていく。

なんとなく返事をしているうちに成田《なりた》が来て、流れで三人で話していると、チャイムが鳴った。同時に担任が教室に入ってきて、朝のホームルームが始まる。

パッと見、何の変哲もない高校生活のワンシーンだ。

あまりに日常すぎる。

それとは対照的に激動だった昨日を思い出し、俺はため息をこらえた。結局才田も何も言ってこないままだし。

自分から話しかけてくるくせに、しょうもない嘘をついた理由はさっぱり分からない。

ただ……聞いてもどうしようもないことは確かだろう。

才田がおかしいのは、確実に俺が転生したせいだ。既に物語は狂いに狂いまくってる。

きっとどこかで、軌道修正が図られているのだろう。となれば、大人しくしているに越したことはない。

俺は小さくため息をつくと、才田の起立・礼の声に合わせて立ち上がった。

神奈《かんな》に秘密を打ち明けられた時からうっすら思ってはいたが、この世界は今、原作の面影がどんどん薄くなっていっているほど、先行き不透明だ。

◇

朝の十時を指す時計を横目に、俺は目を覚ました。心なしか、ここ一か月で一番爽やかな朝なような気がする。

気楽な気持ちで俺はゆっくり起き上がり、ベッドメイキングまでした。

「いやぁ、一か月よく頑張ったよなぁ、俺」

自分の言葉に自分で何度も頷く。俺がここまで浮かれている理由は、たった一つ。

「このゴールデンウィークはひたすら家でダラダラするぞ〜！」

一人宣言したのち、俺は真っ先にテレビのリモコンの電源ボタンを押した。

異様な緊張感の中過ごした一か月は、そりゃあもう疲れた。極めつきに遠足での事件だ。

一か月間頑張った俺を労《いたわ》るべく、前々から計画していたのだ。とりあえずゴールデンウィークの間は全く予定を入れず、とにかくダラダラしようと。

忙しかったのもあってプライベートは全く充実していなかったし、ここでラノベを大人買いとかをしてもいいかもしれない。幸運なことに、金だけはある。

「あー、あと飯もデリバリー頼んじゃおっかな」

俄然《がぜん》楽しくなってきた。初日から出かけるのもなんだし、いったん錦小路の物を拝借しようと本棚を覗き込んで俺は凍り付いた。

ラノベはおろか、漫画さえもない。あるのは古い参考書だけ。

テレビの周辺でゲームのカセットは見つけたものの、とっくの昔にクリアしたものだった。世界的に人気だった作品だったこともあって、ストーリーまでわりとはっきり覚えてしまっている。もう一回プレイできる類《たぐい》のものじゃない。

サブスク関係は契約までがめんどくさいし、何より俺は漫画と小説は紙派だ。

――つまり。

「俺、このゴールデンウィークの間暇で死ぬんじゃないかな」

どうやらこの家には娯楽が何もないらしい。

◇

一日中ベッドかソファの上でゴロゴロしながらピザを片手に漫画を読むという夢を見ていた俺だったが、昼過ぎには外に繰り出すことにした。

午前中は簡単に掃除をし、ダラダラするのに最適な環境を作り上げた。あとはラノベさえあれば完璧なのだ。

「大きめの本屋と言えば駅前か……わざわざ電車で移動するのはめんどくさいしな」

それに駅前ならまだ、同級生と出くわす可能性も少ないだろう。この辺の地理についてはまだ全然把握してないけど、駅は毎日利用しているから分かる。

目的地が決まった俺は浮かれたまま歩き出した。外に出たついでに、映画でも見ようか。どんどんやりたい事が広がる。ゴールデンウィークだからか少し人は多いけど、それすら気にならない。

「あの、やめてください……」

この世界に来てからも何度も聞いた声、そしてその声の弱々しさに、俺は思わず足を止めた。

「私、これから予定があるんです」

「いや、五分だけでいいから、ね、連絡先交換するだけでいいから」

「いえ、大丈夫なので」

俺が今歩いている商店街へ繋《つな》がる細めの道で、綾芽が大柄な男に絡まれている。雰囲気的にはどう考えてもナンパだろう。今のところ俺以外に気づいている人はいない。

ゴクリ、と唾を飲み込む。

——助けられるのはたぶん、俺しかいない。

綾芽は男から少し距離を取ると、無視して歩き始めた。その瞬間、男が慌てたように綾芽の腕を摑《つか》む。おいおい、それはだめだろ。

「ほんと連絡先交換するだけでいいから。ね」

まさかここまで粘られるとは思わなかったのだろう、綾芽の表情に焦りと恐怖が混じっているのが見えた。

俺が、間に入るしかない……かもしれない。

俺としてはできるだけ死亡フラグを避けたいところだ。今綾芽に関わったら死ぬかもしれないからな。

最初に綾芽にメモ帳を届けに行った時、あの時も同じことを考えていた。今助けに行って、接点を持って、後悔しないか。しかも今回綾芽に顔を覚えられてしまっている以上、前よりずっと条件は悪い。

綾芽は腕を振った。だけど男の手の力は強まるばかりで、簡単には振りほどけない。

優雅な休日になるはずだったけど、仕方ないか。考えている間もないほど、緊急性が高そうだ。

「あの、すみません。今から彼女と遊びに行く予定だったんですけど、あなた誰ですか？」

俺は小走りで二人に駆け寄ると、綾芽の腕を摑んだままのナンパ男の手を払いのけた。

よく見れば自分よりもかなり大柄な男に、さすがに少し冷や汗が流れる。

ただ男は、突然彼氏を名乗り出た俺にかなりひるんでいるようだ。えっ、あっ……とよく分からない言葉をもごもご言い、舌打ちをしてから歩き出した。

ほっ、と息をつく。

「すみません、大丈夫ですか？」

綾芽に声をかけると、彼女は我に返ったようにコクコク、と頷《うなず》いた。俯《うつむ》いていた顔を上げ、俺のことをじっと見る。

それから、ぱぁっと顔を輝かせた。

「入学式前に、メモ帳を届けてくれた方ですよね！」

「あぁ、いや〜」

人違いだと言うのはちょっと無理があるだろうか。少し濁すと、綾芽はきゅっと手を握ってきた。

「入学してからずっと探してたんです。お礼がしたくて。本当に今日も、ありがとうございます……助けられてばっかりです」

「いや、別にたまたまこの道通って駅の向こう行こうとしてただけだから。ほんとたまたま。それにほら、やっぱああいうやつをそのままにしとく方が怖いから、俺のためっていうか」

「たまたまでも、あなた自身のためでも、私は助けられました……あの！」

綾芽は語尾に少しだけ力を込めた。

「この後って、予定ありますか！」

「この後……は」

正直本屋に行ってラノベを買うことしか頭になかった。当たり前に今日の予定なんてほぼないに等しい。口ごもったが、綾芽は気にせず言葉を続ける。

「もし予定がなければ、ぜひお礼をさせてください。前にメモ帳を届けてくれた分も合わせて」

「あ〜、でも」

「本当に予定がなかったらでいいんです。でもぜひ！」

思ったより押しが強い綾芽にタジタジになる。ただここで押し切られるわけにはいかない。

「えーっと、今日はその、待ち合わせとかしようかなって。うん」

「そうですか……」

嘘《うそ》をつくと、綾芽はとたんにしゅんとしおれる。罪悪感に胸が押しつぶされそうだ。

「でも三十分くらいなら時間あるかも」

「本当ですか……！」

綾芽はきゅっと、もう一度手に力を込めた。

「ありがとうございます！　ぜひお礼させてください」

◇

自分のチョロさに呆《あき》れつつも、綾芽と一緒に歩き出す。

　一人でゆっくりひっそりと過ごす予定が、思わぬ展開になってしまった。

「あの、ずっと考えていたんです。学校内を探していたんですけど、あなたのことは見つけられなくて……そういえば、お名前を聞いてもいいですか？」

「あ～、えっと、俺は錦小路楓《かえで》」

「錦小路さんですね！　覚えました！　たぶん入学式のスピーチで分かっていると思うんですけど、私は花野井《はなのい》綾芽です」

「花野井さん……よろしくね」

「はい！」

　入学式の時の不安げな顔とは違い、満面の笑みの綾芽は思っていたよりも破壊力がある。

「あの、そう、メモ帳、とっても助かって、だからずっとどうやってお礼しようとか、お礼するなら何にしようとか考えていたんです。例えば、カフェでケーキをご馳走《ちそう》したいなとか、美味《おい》しいお菓子屋さんのお菓子を渡せたらとか。でもこうしてお会いできた以上、錦小路さんに直接お話を伺うことができますもんね。錦小路さんは何がいいですか？」

　こてん、と綾芽は首を傾《かし》げる。神奈のようなあざとさはなく、自然に出たしぐさのようだ。逆にそこが綾芽はあざといというかなんというか……

「何がいいか、かぁ……」

正直なんでもいい、というのは言いすぎかもしれないけど、これといって思いつかない。

死亡フラグに直結しそうなものはなしにしても。

うーん、と俺が頭を悩ませていると、綾芽は横からそっと顔を覗《のぞ》かせた。

「すみません。こんなこと急に聞かれても困りますよね」

「いや、いろいろ考えてみてるだけだから」

綾芽は人差し指を顎に当てた。

「そうですね。うーん。三十分くらいでしたっけ」

「あ、あぁ、ちょうど三十分くらい」

「でしたら、私ちょうど行きたいカフェがあったんです。いつもそんなに混んでないので三十分以内に出られると思いますし、一緒にどうですか？　錦小路さんの分もご馳走します」

変に引っ張ったりするか、きっかり三十分でカフェで奢《おご》ってもらうか。どう考えても後者の方がうまく収まりそうだ。

「えっと、案内お願いします」

「任せてください！」

綾芽はにっこりと微笑《ほほえ》んだ。

◇

綾芽に案内されたのは、木目調の家具で揃《そろ》えられた、どこか隠れ家的雰囲気のあるおしゃれなカフェだった。前世でも今世でも、あまり入ったことのないようなお店だ。

綾芽がブルーベリーチーズケーキ、俺が季節のシフォンケーキを注文し、二人で向かい合って座る。

「錦小路さんは何組なんですか？」

「俺は七組」

「なるほど……私は一組です。ちょうど端っこ同士だったから分からなかったんですね」

綾芽が頷く。俺たちの通っている高校がマンモス校なのもあるだろう。

綾芽との会話は思ったよりも弾んで、途切れることがない。しかも途中で来たスイーツを美味しそうに頬張《ほおば》る綾芽はとんでもない可愛《かわい》さだった。

そもそも綾芽は俺がこのゲームを好きになったきっかけでもあるくらいにドストライクだったヒロインなのだから、この状況はまさに天国みたいだ。

「あの日、私、朝早くにあの公園にいて、スピーチのメモを必死に読んでたんですけど」

ふと綾芽の声色が変わった。

「私、ほんとは人見知りするし、緊張しがちなんです。でも、あんまり顔に出ないからか、みんなからは全然そんな風に思われない、メンタル強い人だって思われていて……嬉《うれ》しかったんです。錦小路さんが頑張れって言ってくれたから頑張れました。そういう意味でもお礼したかったんです」

ほんの少し寂しげというか、どこか陰りのある笑顔だ。さっきまでのぴかぴかしたものとはどこか違う。

「あれ……三十分経《た》っちゃいそうですね。そろそろお会計しましょうか」

「もうそんな時間か。今日はありがとう」

「いえ。私がしたくて、無理に引き留めたことでしたから」

綾芽が椅子から立ったのと同時に、俺も立ち上がる。

「今日はありがとうございました。またよろしくお願いします」

「こちらこそありがとう」

二人でカフェの前で別れた。手を振る綾芽に、俺もまた振り返す。

死亡フラグはさておいて。思っていた一日とは違う忙しい日になってしまったけど、こ

れはこれで良かったかもしれない。あとはラノベさえ手に入れることができれば全てが完璧だ。

「よーし、あとのゴールデンウィークはとにかくのんびりするぞ」

俺は小さく呟《つぶや》いた。

◇

無慈悲にも、ゴールデンウィークというものは案外期間が短い。

死にそうな気持ちで俺は学校へと向かった。今日くらいズル休みしようかとも考えたが、一度休んでしまうともう行けそうな気がしなくて諦めた。

ゴールデンウィーク期間中、俺はとにかく漫画とラノベを読んでだらけていた。幸運なことに、ラノベや漫画のラインナップはあまり前世と変わっておらず、最新刊とは言わずともいつも読んでいるシリーズを読むくらいのことはできた。

ブックカバーで守りつつ、なんだかんだ少し早めに教室に入る。生徒もまだまばらだ。こうなれば、本も気持ちよく読むことができるだろう。

さて、とページを開いたところで、教室の中心から声がした。

「あっ、神奈さぁ。あれやっといてくんない？」

「あれ？」

「そうそう。ごめんね部活でどうしても厳しくて」

なんとなく神奈と女子生徒の方を見る。彼女たちの視線の先には段ボール箱が二つ積まれている。

おおかた教師にでも頼まれたのだろうが、どう考えても女子一人で運ぶには厳しい量だ。

「あ～、うん。分かった。運んどくね」

クラスでも人気者の神奈は、当然というべきか頼まれごとが多い。

にしたってあれは……ちょっと厳しくないか？

話していた相手が部活に行ってしまったのを見届けてから、神奈は段ボール箱運びに取り掛かった。今教室には俺と神奈しかいない。一人でどうにか運ぼうと努力しているようだったが……厳しそうだ。

「これ、どこまで持ってけばいいの？」

死亡フラグ的に考えたらだめなのは分かる。でも、どう見ても重そうな段ボール箱を運ぶことなどできなそうな神奈を放っておくことはできなかった。

「えっ、いいの？」

神奈は申し訳なさそうな顔をする……が、何か運ぶのを手伝うくらい別になんともない。

「結構重いでしょ」

問いかけると、神奈は少し照れたように笑って頷《うなず》いた。

「じゃ、一個お願いします！　……にしてもよく気づいたね」

「いや、なんて言うか……前話した時にこういうの結構苦手なのかなと思って。いつも周りから頼られてるけど……」

神奈は瞬《まばた》きをして、ほんの少し黙り込む。

「まぁ、苦手ってわけじゃないけど今回はちょっと大変かなぁとは思った」

うん、と一度自分に聞かせるように黙り込む。

「この前の時といいなんていうか、すごく人のこと見てるよね、錦小路くん」

「そうかな」

どっちかっていうと原作の内容を知っているからという部分の方が大きいけれど、神奈は心なしか嬉しそうだ。

「うん。今日もこうして助けてもらったし……あっ、運び先ここなの。ありがと！」

段ボール箱を指定された教室に置き、二人で出る。

「今日の一限英語でしょ？　嫌だねぇ」

会話を続けつつ、そのまま教室まで戻った。

死亡フラグに関しては……これくらいは大目に見てほしい。

◇

「この本ってどこしまうか分かる？」

「あぁ。それか。哲学のとこだから……あっちの書架かな。貸して。片付けとくよ」

「えー、いいの？」

「うん。ちょうどそっちの方行こうとしてたから」

「でもなつきこれ以外仕事ないし、一緒についていくよ。早く本のしまう場所も覚えたいし」

遠足が終わって二日後、図書委員の仕事もいい感じに始まった。

凪月《なつき》は本を受け取ると、隣をひょこひょこと歩いている。

「錦小路って図書委員の仕事に詳しいよね」

「あー、中学の頃やってたからかな」

内心冷や汗を流しながら答える。図書委員だったのは前世だ。錦小路が中学時代になんの委員に入っていたのかは知らない。どうせサボれそうなやつだろうけど。

たぶんバレることはないとは思うけど、こういう場面は少し罪悪感がある。相手がピュアで性格に全くの曇りがない凪月ならなおさらだ。

「なるほどなぁ。これからも分からないことあったら聞いてもいい？」

「うん。何でも聞いて」

「よっしゃ。なつきには心強い仲間ができました」

「ははっ。なんだよそれ」

「んー？　最近やってるゲームのやつ。面白いんだよね。あーあ、ゲームの世界に行けたらいいのになぁ」

「……そうだな」

本当にそうだ。勇者とか冒険者とかの立場でゲームの世界に行けたらどんなにいいことか。

俺もできることなら主人公サイドに転生して、ヒロインとキャッキャウフフしたかった……！

「錦小路……？　これってここで合ってる？」

「あ、あぁ。そこだよ」

自分の不運を噛《か》みしめていると、凪月が背伸びをして書架に本を入れようとしていた。けど、あとちょっとで届かない。

「貸して」

凪月から本を受け取って、俺は書架に入れた。

「ありがとう！」

「また届かない時は言ってよ……あーっと、それに成田もいるし。あいつ、俺より背が高いからもっと高いところも届くと思うし」

喋《しゃべ》りながらとんでもないことを言っているのではという気になって、慌てて成田のことを話に出す。

あーあ、それこそ俺が主人公までとは言わずとも、せめてモブに転生していたら、こんな悲しいことに気を回す必要もなかったんだけどな。

軽くダメージを受けている俺を意に介さずに、凪月はうんうんと頷く。

「うん。マジでありがとう。成田くんとも仲良くなりたいし、その時はお願いします」

「いやいや、こちらこそ」

変な遠慮のしあいみたいになって、二人でふふっと笑う。

「今日人少ないね～」

「図書室ってあんまり利用する人いないんだな」

　さっきからほぼ人が来ずガラッガラだ。おかげで仕事がめちゃくちゃ少ないんだけど。

「にしてもラッキーだったね。知り合いの人もいたし、仕事は楽しいし。図書委員選んでよかった！」

「確かに。四人一組もすぐ組めたし」

「実はなつき、体育委員と悩んでたんだよね。ゆっかに断られてやめたんだけど」

「まぁ体育委員は……わりと人前に出る仕事多いからな」

　俺が真っ先に候補から外したやつだ。

「図書委員ってやったことなかったし、ほら、今まで運動ばっかりしてきたわけじゃん？だからこういう系初めてだったの。マジでやってよかったよね。こんな楽しいと思わなかった」

「だなぁ。俺もなんか前より楽しいっていうか……」

　前世の高校でやってた時は、もっと委員会の人数が少なくてなおかつ仕事量も多かった。あと、雰囲気的にもこう、仲良くやろうっていうよりもただただ仕事って感じが強かったし……

「そっかぁ。じゃあ良かったじゃん！」

「そうだな。あっ、また本溜《た》まってる」

駄弁《だべ》っていると、いつの間にか返却コーナーには本が三冊ほど置いてあった。この高校はやたら進んでいるらしく、本の貸し借りは全てセルフだ。だから図書委員の仕事は、書架の整理と返却コーナーに置かれた本を棚に戻すだけ。二人でまた本を戻しに行く。

ちょうど全部書架に入れたところで、キーンコーン、と予鈴が鳴る。

「今日はこれで終わりか」

「早かったね～」

「昼休みって意外と短いよな」

成田も仕事が終わったらしく、書架の向こうから出てきた。そのまま二人で教室まで戻る。

「そういえば楓はさ」

俺自身は成田とは出会ってちょうど一か月くらいだ。この一か月の間はまさに激動だったわけだけど、成田がいたから多少どうにかなった部分も、正直ある。

錦小路と成田の、元の親分と子分みたいな歪《いびつ》な関係もだいぶ解消されてきて、比較的対等に、友人として付き合えるようにもなってきた。

最近成田から俺への呼び方がなぜか下の名前に変わったから、俺もなんとなく下の名前で呼んでいた。

続きが気になりなんとなく横目で様子をうかがう。

「由香《ゆか》ちゃんのことどう思う？」

「えっ、生田《いくた》……？」

生田由香——凪月の幼馴染《おさななじみ》だ。

身長は普通くらい。黒髪で、ミディアムヘア。普段は下ろしているが、今日はポニーテールにしていた。清楚《せいそ》で真面目《まじめ》そうな感じで、一応一目見た瞬間から、成田のどタイプっぽいよなぁ、とは思っていた。

顔立ちも可愛《かわい》いとは思うが、別に話すことはないしなぁ。

「どうって、特に何もないけどな」

「あー、そっか。いやさ、なんか今日話してみたら好きなバンドが一緒でさ。今度二人でライブ行かないかって言われて」

「二人で行かないか、か……」

前世では全く女子と会話することのなかった俺だ。

正直、心の底から、今めちゃくちゃ成田が羨ましい。

「楓だからこそ聞きたいんだけどさ、脈あると思うか……？」

恋愛経験皆無の俺には、あるんじゃないか……？　くらいの返ししかできない。きっと成田は、錦小路があれだけ派手に女遊びをしてきていたから聞きたいんだろうけど……

「あ、あるんじゃないか……？」

「やっぱ、楓もそう思う……？」

結局ありきたりな返事に逃げたものの、成田は真剣に頷く。

「なんとなく向こうもまんざらではなさそうな感じだったし。連絡先交換したし。うん。あの感じはいけると思うんだよな」

出会ってすぐの名前呼びに、連絡先の交換に、いけそう発言。いくら噛《か》ませ犬キャラだとはいえ、俺よりよほど成田の方がチャラい。

とはいえ合コンだのなんだのの二人の付き合いを考えると、今はかなり健全なんだろうなと思いつつ、俺は教室に戻るまで、成田から生田の話を聞かされた。

せっかく高校生に転生したんだし、俺も高校生らしい青春を送りたい。

……まぁ、錦小路楓に転生してこんなことになっている以上、全くもってうまくいく未来が見えないんだけどな。

◇

そこから一週間は、特に何もなかった。

才田も、今までと変わりない世間話しかしない。遠足でのあの謎の話は、才田と俺の間でも触れられないものになっているし。

休み時間は相変わらず成田と過ごしていて、となると、本当に何もなかった。


「はぁ……」

図書委員の仕事中、思わずため息をこぼす。

先週は才田のせいで散々な目に遭った。

教師には単なるサボりとして話を聞いてもらえなかったし、というか、そもそも言えないし。ほんとに胃が痛い……

「大丈夫？　錦小路」

低い段に本をしまおうとしていたら、凪月に顔を覗《のぞ》き込まれた。

図書委員の仕事を始める時に先週のことについて謝ったけど、なつきもよく忘れるから大丈夫！　という明るい返事で励まされた。原作通り、やっぱり限りなく癒やし系の雰囲気だ。

「それ、大丈夫じゃないやつでしょー。休憩する？」

「でもまだ利用者も来るかもしれないし……」

「錦小路は真面目だなぁ。なつきがサボりたいの！　ね、共犯になってよ。一人で怒られるの嫌だから。お願い」

凪月がいたずらっぽく笑う。

まぁ、少しなら大丈夫か。

凪月がこっちこっちと手招きしてくる方向に行くと、背の高い本棚に囲まれたスペースに辿《たど》り着いた。人が二人やっと入れるくらいの広さで、確かに外から中は見えなそうだ。

「ほら、ここうまく隠れられるんだよね」

「こんなところあったんだ」

「錦小路、中学時代から図書委員なのに知らないの？」

「い、いや、この辺の本、借りる人少なかったから」

慌てて答えると、凪月は納得したように頷《うなず》いた。

「まぁ〜そうだよね。なつきがここ見つけたのも、補習から逃げてる時だったから」

「あぁ……大丈夫」

「また逃げてたのか……」

懲りないな。

「錦小路たちに匿《かくま》ってもらってからは逃げてないもん。その前だよ、その前。小テストが悪すぎて呼び出されちゃったんだよね。そんでそん時は見つからなかった！」

凪月がいぇーい、とピースする。

「そっか。じゃあなんであの時階段まで来てたんだ？」

「あぁーあれはね。思ったより先生が来るのが早くて。図書室まで逃げ込む暇なかったからさ」

「なるほどな」

「でも良かったよ、あの時先生の反応早くて。だって錦小路と会えたから」

ふふん、と勝気に笑う凪月。

……遠足にしろ図書委員にしろ才田に振り回されている今、凪月の無邪気さが心に染みる。ヒロインの破壊力ってすごいな。

「そっか……ありがとう」

一瞬、「俺も朝日奈と会えてよかったよ」と返そうか迷ったけど、さすがに留《とど》まった。一回自分がそう言っているところを真面目に想像してみたら、鳥肌が立ったからだ。

とはいえその返事に、凪月は不満そうだ。

「もうー、そこは俺も会えてよかった、って返すとこでしょ」

「俺も会えてよかった」

「絶対本気じゃないじゃん」

凪月がぷう、と頰を膨らます。

「本気だよ」

「ほんと？」

「ほんと」

「じゃ、いいけど」

本棚の背が高いせいか、いいのか悪いのか絶妙に薄暗いし、狭いスペースに無理やり二人で収まったせいで、密着度が高い。高すぎる。しかもこの中は静かだけど、昼休みで図書室自体はいつもと違って少し騒がしい。

いや、まずくないか……？　俺じゃなくね？　凪月にこういうスポットに連れてかれるの。ていうか才田はどうしたんだよ……もっとヒロインたちと接触して、みんなで幸せになってもらわないと困る。

とはいえこういう雰囲気のところでも、深くは考えてなさそうなピュアさが凪月っぽい。

「でもよかった」

「ん？」

「錦小路、ちょっと元気になったっぽいから」

「えっ」

手をいじいじしていた凪月は目線を下に落としたままだ。

「なんか元気なかったでしょ？　だからちょっとでも元気になってほしいなって思って。休憩とかしたら元気になるかなって」

それで、ここに誘ってきたのか。

「ありがとう」

「ま、まぁ、なつきも話したかったし！　そんな、お礼を言われるようなことでは……」

「でも本当に元気になったから」

「じゃ、よかった」

凪月がにっこり笑う。やっぱり可愛いなぁ。

「なんかよく分かんないけど、頑張ってるんだよね。雰囲気で分かるよ。応援してるから」

「ありがとう。頑張る」

応援してる、の一言でこんなに元気が出てくるとは。原作をプレイしていても思ったけど、凪月には、人なら必ず持っている裏表が全くない。心の底から、他人のことを思って行動する子だ。ある意味ピュアだし、でも人の陰と陽の部分をちゃんと理解している。

でもだからこそ、凪月の言葉は本心だろうと安心できる。

……俺も頑張らないとな。死亡フラグも叩《たた》き折って、このゲームが終わる頃、ちゃんと笑っていられるようにしよう。

頷いたところで、チャイムが鳴った。

「もう教室戻らないと」

「あっという間だったたな」

「そうだね。なつきもほんと、あっという間だった」

さっきまでいた空間から出る。

……来週もまた喋《しゃべ》りたいとか思ったら、死亡フラグ立つだろうか。

5章

Chapter 5

「なぁ楓《かえで》、ヤバいって！」

「どうしたんだよ」

「はぁ⁉　お前掲示板見てないの？　すんごい騒ぎだっただろ」

「ごめん、普段から見てない……」

「ほら、携帯貸すから見てみろよ。これ！」

翌日。登校してすぐ慌てた様子の成田《なりた》に声をかけられる。

にしても、さすがに前世で掲示板を見る習慣はなかったからなぁ。ここの世界では、学校の裏掲示板的なやつがかなり盛んに使われているらしい。

本編でも、何回か才田《さいた》が掲示板で情報を得る様子が描かれていた。

「えーっと、一年七組の佐々木《ささき》神奈《かんな》、援助交際……⁉」

そのまま目の前にある文字を読み上げる。が、頭が混乱してそれ以上何も入ってこない。

ちょっと待て。ほんとにどういうことだ？

「ほら。ここに写真あるじゃん。これ、たぶんうちの学校の誰かが撮ったんだろうな」

成田が声を低くして言う。周りの人も、同じようにしてヒソヒソ喋っていた。ほとんどが神奈の話題だろうな。

それを確認してから、手元に見せられた携帯を覗き込んだ。

成田の言葉通り、そこにはラブホ街らしきところを男の人と二人で歩く神奈が写っている。

そして肝心の本人は珍しくまだ学校に来ていないらしい。神奈は情報通だし、既に知っている可能性もある。となれば、今日は学校に来ないかもしれない。

原作にこんな話はなかった……ということは、確実に俺が転生してきて、物語が書き換えられたせいだ。

俺が保身ばかり考えて、勝手に行動したせい。

後悔していると、ガラッと勢いよく教室のドアが開いた。

「おっはよ〜、みんな♪」

その声に、クラスメイト全員が振り向く。

「えっ、あれ、どうしたの？　何か大注目されてる感じ？」

しかし当の本人はキョトンとしている。いつも通り、明るい感じだ。もしかしてこの雰囲気だとまだ何も知らないのか？

「大注目っていうか、あの、神奈、聞きたいことがあるんだけど。……これ、神奈じゃないよね」

「えー、どれどれー？」

スマホの画面を見た神奈が分かりやすくぴしりと固まる。

「どう見ても、神奈だよね」

「えー、これわたしかなぁ」

「このカバンにこのパンダのマスコットつけてる人、神奈しかいないよね？」

「でも、わたし、こんな覚え」

「あー、まぁ、うん。分かった」

神奈から、女友達が離れる。なんというか、無視したりはしていないけど、普通に話しかけることはない。明らかに間に一枚壁が作られているというか、距離がはっきり示されている感じ。

これは、なんというか……

神奈の方を見たら、取り繕った笑顔のまま固まっていた。

◇

原作ではどうなっていたか、軽く洗い出す。

……似たような事件はあったな。

確か冬休み間近になって、メイドカフェで働いていたのがバレて、親が学校に呼び出されたんだったか。もちろん援助交際なんてしていない。

バイトが親にも禁止されていたからかなり怒られ、家にいづらくなって一時的に主人公の家に居候《いそうろう》する、というだけの回だったはずだ。

……いや、待て。となれば才田は今、どうしてるんだ？

俺は教室内を見渡して、才田の姿を探した。

もし物語の改変が起こって、神奈の写真が流出していたのだとする。

でもここが『セカあい』の世界である以上、神奈と才田が関わるイベントが発生するのは防げないはずだ。

だって才田は、遠足にしろ図書委員にしろ明らかにヒロインたちから俺を遠ざけようとしていた。物語の自然な軌道修正はまだ、行われている。

二、三回見回したところで、俺は教室から今まさに出ようとしている才田を見つけた。目を凝らせば、小さな声で何やらブツブツ呟《つぶや》いている。明らかに様子がおかしい。

「ごめん、俊一《しゅんいち》！　ちょっと行ってくるわ！」

「は？」

どこに？　と言いたげな成田を置いて、俺は才田を追いかけた。

気づかれないように、後ろから、才田の独り言に耳を澄ませる。でもまだよく聞こえない。せめてもう少し近づくことができれば……

才田は教室から遠ざかるようにひたすら歩くと、ほとんど人の来ない教室棟のトイレへと入っていった。ラッキーだ。これで才田に気づかれずに聞くことができる。

「……いや、やっぱりおかしい。おかしすぎる」

才田が声のボリュームを上げたおかげで、はっきり聞こえるようになった。

「あの感じ、錦小路《にしきこうじ》は今回の件には関わってないよね、たぶん……もっと臆病そうだったから。あいつにこんなことをする度胸があるとは思えない」

自分の名前が出てきて息をひそめる。心なしかディスられてないか、これ？

「そして僕も何もしてない……ってことは、誰か犯人が別にいるってことになるけど一体誰だ……？　本編にはこんな描写ないし」

才田の呟きに、思わずビクッと体が揺れた。

本編……？　どういうことだ……？

「神奈ちゃんも援助交際するような性格じゃないのに。『セカあい』じゃメイドカフェで働いてるのがバレたくらいだからね、この場面」

才田の言葉は止まらない。どうやら、考えを整理しているらしい。

──それよりも。

俺は頭を抱えた。完全に馬鹿だ。視野が狭くなっていた。

そもそも俺がこの世界に転生してきた時点で、想定すべきことではあったのだ。

──俺だけが転生してきたとはかぎらない。

『本編』。『セカあい』。この二つの単語が出てきたということは、才田もまた、あのゲームをプレイしたんだろう。俺と同じだ。

それなら、俺をヒロインたちから遠ざけようとしたのも説明がつく。向こうにとっては、俺はまだ悪役。ただ才田の口ぶりから察するに、才田自身は俺が転生者だと気づいているはずだ。

心臓がバクバクと音を立てる。まさかの状況に冷や汗が止まらない。

俺はこれから、どうしたらいいんだ？

混乱していると、長いため息の後に才田が動き出す音が聞こえてきた。慌ててその場から立ち去る。

……これは。かなりややこしいことになった。

今までは、才田がシナリオを知らないと思っていたから、どうにでもできた。だけどこれからは、才田がどんな行動を起こすか分からない。

──つまりは、この物語がどこに向かっていくのか、未知数だ。

「俺の死亡フラグはどうなってんだよ……」

教室へと向かいながら呟く。

◇

朝の事件からちょくちょく神奈の方はうかがっているのだが、やっぱり女子たちはよそよそしかった。それに、昼休みになってもまだ騒ぎは収まっていない。噂話《うわさばなし》は続いているし、教師たちも何か勘づいているようだった。

「あっ、佐々木さん、呼ばれたな」

いつも弁当を食べる階段まで歩いていると、ふと成田が呟いた。確かに、呼び出しの放送がかかっている。

「あの件かなぁ」

「だろうな」

神奈は派手ではあるが普段は優等生だし、それ以外に考えられない。

「大変なことになっちゃったよなぁ。佐々木さんもなんであんなことに手を出したんだ」

「まぁ、なんか理由はあったんだろうけど、じゃなきゃしないだろ……ってか、佐々木さんが理由なしにするとは思えないし」

「それはそうだな。でもあんなところ撮影するなんて、誰がやったんだ？」

「うーん。可能性としてあるのは、うちの学校のカップルがラブホに行った時、たまたま佐々木さんがいて写真を撮ったとか」

「それが一番ありうるか。にしても、そんなカップルがいたとしたら悪趣味すぎるだろ」

「だよな……自分たちも後ろめたいことしてるのを棚に上げておいて」

はぁ～、とため息をつく。

昼休みが終わったあと、神奈は何事もなかったかのような顔で教室に戻ってきた。

◇

下校途中、急に降ってきた雨に、俺は帰り道を急いでいた。かなりの土砂降りだ。あの遠足の日を彷彿《ほうふつ》とさせる。

昼休みのあとも神奈は腫れ物扱いで、教室内はずっと微妙な空気が流れていた。神奈は普段、放課後は友達と遊びに行っているはずだが、今日どうしたのかは知らない。

早足で歩いている間にも、神奈のことが頭に引っかかる。そんな中、見つけた。見つけてしまった。

——今日俺はたまたま、傘を持ってきていた。

つまりは傘を持ってきているから、こんな急な雨でも濡《ぬ》れてない。そろそろ夏に近いとはいえ、雨に濡れたらきっと寒いだろうな。実際前は雨でびしょ濡れになったけど、本当に寒かった。

「佐々木さん」

傘を傾ける、神奈がゆらりと顔を上げる。

涙こそ流していないものの、今にも泣きそうな顔をしていた。

俺の家からそこそこ近い公園——近道のために通学路としてよく通る公園のベンチに、神奈が座っていた。たぶん、学校から近いけど、そんなに人がいないからここに来たんだろうな。何か事情があるのか、それとも単に一人になりたかったからか……

「寒いだろ。そのままじゃ風邪ひくぞ」

「あ、あぁ、うん」

そのままた、俯《うつむ》いてしまう。

当たり前だけど、いつものような明るい感じじゃない。正直どう声をかければいいかが分からない。

ゲームでは病んでる描写もわりとあったけど、あれは選択肢があったからな……

俺のままで、神奈に向き合うのは初めてで、緊張する。

慎重に、慎重にと頭の中で唱えていれば、ふふっと急に神奈が笑った。

「こんな状況、久しぶりだね。遠足の時以来」

「お、おぉ。そうだな」

あまりに急なことに、呆気《あっけ》に取られる。おかしそうに少しの間くすくす笑ったあと、神奈はまた真顔に戻り、俯いた。

「家に、帰ったりは……」

「知ってて言ってるんだったら、錦小路くんは相当意地悪なんだね」

「そっ……か」

どうしようもない空気が流れる。

この後どうしよう。ただ声をかけただけなんて、それは逆に人として腐ってる。

ほんとは神奈と、あまり関わらない方がいいんだろうな。だってヒロインと関わったら、死亡フラグが増すだけだから。それだけじゃない。今回みたいなことが起こるかもしれない。


でも。


「佐々木さん、うちに来ない？　一人暮らしだから、俺以外に人もいない。このまま一晩ここで過ごすわけにはいかないだろ」

「えっ、でもそんなの、錦小路くんに悪いよ」

「悪いとかどうとか今は考えないで。とにかくここにずっといたら、風邪ひくし、絶対危ないから。家に帰れないいんだったらうちに来な。何もしないから」

神奈は黙っている。

これでもし断られたら、俺はどうしたらいいんだろう。

神奈には今俺以外に頼れる人はいないはずだ。でも、ここでずっと過ごさせるわけにもいかない。一人暮らしの俺がダメなら、成田なんかもっとダメだろうし。

「家に、お邪魔させてください。錦小路くんの、家に」

しばらくしてから発せられたその返事を聞いて、俺は胸を撫《な》で下ろした。


「まず風呂に入ろうか。あっ、脱衣所と風呂はそこにあるから。トイレはその向かい側」

結局相合傘をして、俺の家まで帰った。

体が冷え切っているであろう彼女に簡単に部屋の中を案内しつつ、着られそうな服を探しに行く。うーん、このトレーナーくらいは着られそう……かな。下はなぜかあったジャージの短パンでいい、か。

「濡れた服、どこに置けばいい？」

「うーん。干しといた方が良さそうだよな。部屋干ししとくから、風呂から上がった時に渡してくれ。あっ、でも下着とかどうしよう。今からだけど、コンビニに買いに行くか？

同じの穿《は》くの嫌だろ」

「……うん。そうする」

その言葉に、神奈が着替えてから、俺たちはもう一度外に出た。ここはわりかし都会だから、コンビニは徒歩五分圏内にある。

「そういえば、聞かないの？　事情」

ふと神奈が呟《つぶや》いた。横目で見てみるけど、髪が顔にかかってるせいで、表情が分からない。

「まぁ、話したくないことの方が多いだろうし」

「そっか……じゃあ、なんで泊めてくれるの？」

「普通……あんな顔で公園に、雨の中、一人きり。そんな女の子がいたら放っておかないと思うけどな……いい意味でも悪い意味でも」

「……そうだよね」

神奈は黙ってしまう。

そしてまた、一言も発さなくなってしまった。

◇

「あっ、そうだ」

ふとあることを思い出して呟くと、神奈がゆっくりとこっちを見る。

「どうしたの」

「今日のご飯どうしようかなって思って。ほら、うち一人分しか材料がないからさ〜。もしそこまで寒くなかったりしたら、スーパー寄ってもいい？　コンビニにまた戻るのも面倒だし」

「うん。わたしのことは気にしないで」

「分かった。じゃあ行くか。すぐそこだし」

俺の家、立地条件だけはいいからな。おかげさまで、こんな状況でも食料に困ることはない。

お惣菜《そうざい》でも買って帰った方がいいのかもしれないけど、神奈の顔を見る限り、ちゃんと人の作ったご飯を出来立ての状態で食べてほしいと思った。

「佐々木さん。今日の晩御飯何がいい？」

「なんでもいい」

「そう言われてもなぁ～。ほら、好きな食べ物ない？　俺作れるか分からないけど」

「好きな食べ物……」

「うん」

「好き、かは分からないけど、昔お母さんが作ってくれたチャーハンは美味《おい》しかった」

「チャーハン、かぁ。具材は普通のやつ？」

「たぶん。あり合わせで作ったものだったと思うけど……美味しかった」

「そっか。チャーハンなら俺作れるわ」

「うん」

神奈は頷《うなず》くだけだ。

どんな事情があったかは知らんが、とにかく落ち込んでいる様子。

少しでもあの明るさを取り戻してほしいなぁ、と、ゲームでヤンデレ化した神奈に思いを馳《は》せつつ、俺は神奈と一緒にスーパーの中に入った。

家に帰り、エコバッグの中から今日買った具材を出す。一部は冷蔵庫に入れ、今から使うものは調理台に置いた。

「じゃあ、お風呂入ってくる」

「分かった。その間は絶対近寄らない」

「ふふっ。錦小路くんがそういう人じゃないっていうのは、分かってるから」

それだけを言って、神奈は脱衣所に消えた。それにしてもなんだか、彼女の笑いのツボって結構謎だな……

無表情のわりに、変なことで急に笑ったりするし。

「まっ、そんなことより、チャーハン作るか」

俺は買ったばかりのエプロンを身につけた。


今回作るのは、おそらく一般的だろうと思われるチャーハンだ。一般的なチャーハンってものがどんななのか分からないけど、とりあえずみんながチャーハン、と聞いた時に連想するようなやつ。

前世でも自炊がめんどくさい時には何度か作ったことがある。

「神奈、どれくらいで風呂上がってくるかな……」

体も冷えてるだろうし、女の子だから時間もかかるだろうし、一時間くらい？　それは長すぎ？

「先に具材切っておこうか。炒《いた》めるのにはそんなに時間かからないし」

神奈が上がってから炒めれば、ちょうど出来立てを食べることができるだろう。

今の時間を確認して、具材だけを切っておく。その準備が終わった頃だった。

ガラッと扉を開く音が聞こえる。神奈が風呂に入ってから十分くらい。もう上がってきたらしい。


台所でチャーハンを炒めていると、しばらくしてから神奈がリビングにやってきた。俺の渡した服を着ている。彼女は身長が低いからか、俺のトレーナーはギリギリワンピースみたいになっていたし……と、考えたところで愕然《がくぜん》とする。


「し、下は……⁉」

「ゆるゆるだったから置いてきた」

「で、でもだいぶ見えてるじゃん⁉」

「パンツ見えてないからいい」

「それはそうだけどさぁ……！」

下着は確かに見えていない。見えていないが、かなり際どいところにトレーナーのすそがある。それでなくとも、白くてツヤツヤした太もものほとんどが露《あらわ》になっていた。

……い、いやぁ、これはちょっと……

お風呂上がりでいい匂いもするし、なんだか全体にしっとりしていて色っぽさに磨きがかかっている。

要するに、一言で言うとかなりエロい。

「ベルトいる？　そしたらウエスト締められるから短パンも穿けるはず」

「いらない」

「え、あ、あぁ、そう。分かった。でもだいぶかなり見えそうだから気を付けて」

こくり、と頷く。それから神奈はつい、とフライパンの中を覗《のぞ》き込んだ。

「チャーハン？」

「そう。リクエストだったから作ってみた」

「いいにおいする」

「それなら良かったよ。チャーハン作るの久しぶりだったからさ。最近鍋ばっかりだったし」

「もうすぐ夏なのに？」

「まぁ、自炊めんどくさいとなんとなく鍋が増えるんだよな」

とは言いつつ、最近は才田のこともあってちょっと疲れてたし、お惣菜買う方が多かったけど。

「ありがとう、錦小路くん」

「別にお礼はいいって。ほっとけなかった俺のおせっかいだからさ」

「……うん」

しばらくしてから、神奈は頷いた。

チャーハンも無事出来上がり、付け合わせの野菜サラダとともに俺はテーブルに運ぶ。

神奈はまだ勝手が分からないからという理由で、先にテーブルについてもらっている。

「一応完成しました。どうぞ！」

わざと明るい調子で彼女の前に皿を置く。

「いいにおいする」

「さっきも言ってたよな。そんなにか？」

「うん。なんか、……懐かしい、においがする」

目を細めている神奈が思い出しているのは、昔の記憶なのだろうか。母親に作ってもらったという、あり合わせ具材のチャーハン。

自分の分も運び、神奈の向かいに座る。一人暮らしなのに椅子が二つもあったのが、こんなところで役に立つとは思わなかった。

「じゃあ、いただきます」

「いただきます」

二人で手を合わせ、食べ始める。

神奈は一口口に含み、そしてそのまま――静止した。

「えっと、もしかしてまずかった？」

虚無の表情のままほんの少しだけ口を動かす彼女を見て、不安になって尋ねる。

けれど神奈はただ黙って首を振った。そしてガツガツと残りを口に押し込み始める。

それから、唐突に顔をゆがめた。

「久しぶりに作ったし、まずかったら全然残してもらっていいからね！」

慌ててそう言うが、神奈はまた首を横に振り、チャーハンを食べ続ける。

「すごく、美味しい」

俺が気が気でない状態でもそもそ食べていたところ、神奈はそう呟いた。思わずスプーンを皿に置く。

「えっ、マジで。無理してない？」

「最初から無理なんてしてない。美味しいと思ってた。だって……」

「だって？」

「だって、久しぶりにこんなご飯、食べたんだもん」

そこで俺は理解したのだ。

彼女は不味《まず》くて顔を顰《しか》めていたのではなく、おそらく——

「それなら、良かった」

たぶん、泣きそうになっていたのだ。

ゲーム情報では、彼女は親に小さい頃から冷たく当たられていた、とあった。あり合わせ具材のチャーハンが思い出の料理になっているのにも、そういう背景が関係しているのだろう。

「錦小路くん、本当にありがとう。わたしは何を、返したらいい？」

「いや、お返しとか俺なんも考えてなかったし。事情は知らないけど、何か辛《つら》いことがあったんだろ？　うーん、だから……佐々木さんが元気になってくれたら嬉《うれ》しいかな」

「それだけでいいの？　本当に？」

「うん。それにこういうことって、見返りを求めてすることじゃないと思うし」

「そっ……か」

俯《うつむ》いた神奈の瞳が寂しげに翳《かげ》る。えっ、なんでだ？　何を失敗した？

「じゃあ、錦小路くんは、誰にでもこういうことする？」

「まぁ、家に上げるのは信用ある人じゃないとしないけど。よっぽどの理由があるなら、また別かもしれないけどさ」

「そっ……か」

神奈はなぜか、ぎこちなく笑った。

「おやすみなさい」

「おやすみ」

結局寝るまではテレビを見たりスマホを見たりして時間を潰した。ちょうどいい感じのバラエティ番組もやってたし。

神奈が客室に入ったのを確認してから、俺は自室へと戻った。ほっと安心して、体から力が抜ける。なんだかんだ今までずっと、緊張していた。

「それにしても何があったんだよ……」

もしあの写真通りのことを神奈がやっていたのだとしたら、こんなに落ち込むことはないはずだ。言い方は悪いが自業自得——いや、それは事情を何も考慮していない良くない言葉か。

「自分からそういうのをやるタイプじゃないし……」

そう呟《つぶや》いてから俺はあることを思い出した。ゲームの情報だ。

確か神奈の秘密はメイドカフェだけでなく、裏アカもあったはず。それに関しても一つイベントがあって、主人公と揉《も》めて和解していたはずだ。

「それは誰かに強制されてとかではなく、自分で作ったんだもんな……」

じゃあ、写真も本当？　でも……

「だーっ、考えても仕方ない。もう寝るかぁ」

これぱっかりは神奈の口から聞かないと……

部屋の電気を落とし、布団にくるまる。今日はかなりインパクトの強いことがあったし、疲れた。すぐに寝られるだろうな、と思い、目を瞑《つぶ》った。

◇

ガチャリ、と控えめにドアが開く音で、目を開く。

神奈か……？

半分寝かけていたせいか、頭が覚醒しきらない。

「……錦小路くん、起きてる？」

小さく紡がれたその声は、俺が寝ているかどうか探っているようだった。体感だけど、寝室に入ってから十五分くらい経《た》っている気がする。

目的はさっぱり分からないが、とりあえず俺は返事した。

「起きてるけど」

「ほ、ほんと……？」

「うん。ほんと」

神奈はおそるおそるといった様子で近づいてくると、そっと俺のベッドの上に乗り込んだ。

えっ、ほんとにどういうつもりだ……？

「ねぇ、錦小路くん」

「ん？」

「あの、さ」

その先に彼女が耳元で囁《ささや》いた言葉に、俺の頭は一気に覚醒した。

――シない？

何を、なんて聞かなくても分かる。

こんな薄暗い部屋で、しかも夜で、年頃の男女二人……きっと合っているかの確信はないけど、分かる。

でも、なんで？

なんで急に、神奈はそんなことを言い出した？

呆気《あっけ》にとられすぎて何も言えずにいると、神奈は肯定と受け取ったらしい。するすると近づいてきて、かけられていた布団をそっとまくり上げた。俺の上に乗り上げる。

最初からそのつもりだったのか下着しか身につけていない。

太ももの柔らかな感触が直接伝わり、全身がブワッと一気に熱くなった。

「佐々木さん……？」

神奈が俺の頬に触れる。ひんやりしていて、柔らかいその手。だんだんと近づくその距離に心臓が高鳴る。

もしや、このまま……

「錦小路くん。わたし、結構スタイルいい方だと思うの。クラスの男子たちに噂《うわさ》されてるのも知ってるし、それにあの写真も本当じゃない。今までシたことなんてないから、初めてだよ。だから……」

「佐々木さん」

「わたし、錦小路くんと一緒にいたい。一緒にいたいから、ねぇ……錦小路くんさえ良ければ」

——シよう？

一瞬、目を瞑った。あまりの色気と儚《はかな》さとあと質感に、くらりとする。

しかし、学校にいる時の明るい神奈の姿が脳裏に浮かび上がった。

「佐々木さん……っ！」

俺は彼女の肩を摑《つか》んだ。驚いたように、神奈がビクッと震える。

彼女の下着姿は、予想通り綺麗《きれい》だった。

胸も大きいけど均整が取れているし、全体的に細いけど、でも細すぎることもない。ちょうどいい感じに脂肪も筋肉も付いていて、本当にグラビアアイドルか？　ってレベル。

いや、それ以上。

まぁ、一言で言うとドチャクソエロい。

それを逃してしまったという気持ちが何となくありながら、それでも俺は自分の体を起こした。

ちょうど神奈と向き合う形になる。

そして、ベッド下に落ちていた布団を彼女の肩にそっと巻いた。

「……大丈夫？　無理しないで」

今までの会話を思い出しつつ、俺は呟いた。神奈は、少し目を見開いた。

「えっと……まず、どうしたの？」

尋ねると、神奈はバツの悪そうな顔でそっぽを向く。我に返ったのかもしれない。

「どうしたのっていうか……えっと……」

「ゆっくりでいいから」

「あの、わたし……その、あのね、わたし、援助交際とか全くしてないの」

「そうだったんだ……」

ほっとして、息をつく。

「あんなところを歩いていたのは、たまたまで……たまたまっていうか、必然なんだけど偶然、みたいな」

「は、はぁ」

必然だけど偶然、とは……？

かなりよく分からない返答の仕方に、思わず疑問の声が漏れる。

「その、元々会った目的はそういうものじゃなかったし、そもそも会う予定の人も男子高校生のはずで、おじさんじゃなかった」

「うん」

「えっと、えっとね……わたしの家、昔からすごく厳しくて、厳しいっていうか、なんていうか」

「うん」

「わたしには……」

そこで神奈は一度言葉を切った。

ハクハクと口を動かし、そしてまた閉じる。その動作を二、三回繰り返した後、意を決したように呟いた。

「親はたぶん、わたしには、あんまり興味がなかったの」

蚊の鳴くような、か細い声。

その声の震えに、きっと彼女の全てが詰まっていた。

「だから、かなぁ。でもわたしの成績だけにはすごくうるさくて、最初は頑張ってたんだけどね。でも頑張ってたって褒められるわけじゃないし、だから、なんて言うか、疲れちゃって」

「そうだったんだ」

たまに彼女の言葉に相槌《あいづち》を打ちつつ、耳を傾ける。

それと同時に、心の中のどこか——自分でも触れられないであろう部分がじくじくと疼《うず》いているのを感じていた。

「話を聞いてくれる人が欲しいって思ったの。クラスメイトでもない。誰も知らない自分をさらけ出せる場所が欲しかった。それでSNSを始めて、始めた初期からずっと仲良くて、わたしの事情もよく知ってる人と、やっと昨日会おうってなって」

「それがあのおじさんだった？」

「おじさんっていうか、男子高校生の予定だったの。少なくともSNSではそう振る舞ってた」

「あぁ〜、なるほど」

「だから実際の人もそうなんだろうって思って会いに行ったらおじさんがいて。だけどずっとわたしの話を聞いてくれていたし、信用できる人なのかなって思って。話を聞いてあげるから、近くの休める場所に行こうって言われてついていったらあんなことに」

「そういうわけだったのか……」

やっと納得がいった。

おじさんとラブホ街を二人で歩いていた理由。そしてさっきベッドの上で漏らした言葉も。

その男子高校生になりすましていたおじさんが、きっと彼女の心を保つための生命線で、だからこそ断れなかった。

「で、でも、途中で気づいて断ったの。だから何もしてないし、先生にもその事情は話して罰則はなくしてもらってる」

「そっか……」

「これからさ、さすがにSNSでその人と話すわけにはいかないじゃん。ていうか、ずっとわたしと話してくれてたのは何のためだったんだろうって思って。会って、そういうことをするため？　そのためだけにあんな話をしてたんだって思ったらなんか……」

彼女の話は、なぜだか痛いほど共感できた。

……なんで？　俺には親に冷たく当たられた過去はないし、俺には途方もないほどのことで、きっと共感しにくい部分だと思う。

だったら、本当になぜ？

「わたしが信じてきたものはなんだったんだろうって、今まで、本当に子どもの頃から信じてきたものがなんだか分からなくなって。きっと学校中にも噂が回ってて居場所はないし、それで公園に、いたの」

「うん」

俺からは何も言えることがない。

彼女と同じ境遇に立たされたことはないし、人の痛みは完全には理解できないから。

その悔しさに奥歯を嚙《か》みしめていると、神奈は話を続けた。

「錦小路くんが見つけてくれたのは、そんなわたしだった。だから、そう。錦小路くんだけが優しくしてくれて、わたしはそれに救われた。何か返さなきゃいけないとも思ったし、錦小路くんと一緒にいる口実が欲しかったって言ったらわたしのこと、嫌いになる？」

「嫌いにはならないよ」

俺は彼女の言葉にすぐに答える。

絶対に否定しなければならないことだ。実際びっくりしたものの、彼女のその唐突な行為には自分も覚えがあったし、嫌悪感みたいなものは全く抱かなかった。

いや、覚えってなんだ……？

「絶対、嫌いにならない」

「う、ん……ありがとう」

だけど神奈は、納得していないような顔で頷《うなず》いた。

まだ自分が人から恋愛的な意味じゃなく好意を持たれるってことに、慣れてないのかもしれない。友達付き合いも表面上って感じだしなあ。

「あっ、でも明日から学校とか家とかどうしよう。親には連絡いっちゃったから、今日帰れなかったんだよね」

「そっか……」

「明日頑張って帰るか〜。学校も、たぶんそのうちどうにかなるよね」

学校は狭いコミュニティだけど、みんな飽きっぽい。いつかは忘れて、神奈も元に戻れるようになるだろう。

「うん。ってそうだ、それなら俺の家にたまに来ない？」

あーあ、やっちゃった。

口から勝手に出た言葉に自分でも驚く。こんなこと言ったら、もっとモブから離れちゃうじゃん。

でも、今の彼女を放っておける気は自分でもしなかった。

「へ？」

「いや、家にいづらいならさ、ここにいればいいんじゃないかって思ったけど……でもそうだよな。同級生の男子と同じ部屋なんて嫌……」

「ううん！　嫌じゃない！　嫌じゃないけど……」

「ないけど？」

「錦小路くんって、どうしてそこまでしてくれるの？」

「どうして……いや、分かんないけどただそう思ったというか」

「そっ、か……優しいんだね、錦小路くん」

「別に優しいわけじゃないと思うけど」

「ううん。優しい」

「そう、かな……？　あっ、そういえばあともう一つ」

ずっと言おうと思っていたことを思い出した。

「なーに？」

「あの、泣けない、のかもしれないけどさ……我慢しなくていいと思う」

そう言うと、神奈は目を見張った。

チャーハンの時から疑問に思っていたんだ。公園にいた時もそう。神奈は泣きそうな顔はするのに、絶対に泣かない。

だから、泣かないように、自分に言い聞かせてたんじゃないかって。

「どうして……」

「え」

「どうして、気づくの……？」

「泣きそうな顔してるのに、泣かないから。そんなに辛《つら》いことがあるんだったら、泣きたいんじゃないかって」

「ずっと隠してたのに……だって人間味ない人みたいでしょ」

「別にそんなことはないと思うけど」

「わたし、親にずっと泣いたら怒られてきたから、泣けなくなっちゃって。泣くのがダメだって思ってるところあるのかも。それで泣けないから、今もすごく泣きたいのに、泣けなくて、苦しくて。苦しかったのに」

ズズッと鼻を啜《すす》る。

「でもなんだか泣いていいって言われたら、泣けてきちゃったじゃん」

ツーッと、涙が一筋頬を伝う。

こんな時に不謹慎だけど、窓から覗《のぞ》く月明かりが彼女のその頬を照らして、それはあまりに綺麗《きれい》な光景だった。

しかし神奈はその涙をすぐにぐしぐしと拭き取り、笑ってみせる。

「でもやっぱり泣くのは苦手」

「そっか」

「うん。すぐに泣けるようなもんじゃないし、泣けたら楽なんだろうけどね。今は無理だから、これからに期待っていうか、良ければ……」

神奈は上目遣いで俺の顔を覗き込むように見上げた。

「これからちょっとだけ、泣いてもいいタイミングで、泣いてもいいよって、言ってほしいな」

少しずつ元のペースに戻ってきているのだろう。あざとい調子で言ってみせる。

「わ、分かった」

「やった！　正直言うと、まだ辛いけど……でも落ち着いたから、わたしは部屋に戻るね。迷惑かけてごめんなさい。それじゃあ、また明日。あっ、それと……」

神奈が耳元に口を寄せた。

「わたしがシようとしたの、無理してないから」

フフッと小悪魔的に笑って、部屋を出る。

唐突な言葉に、心臓がバクバクと音を立て始めた。

けれど、それとは対照的に――

「なんで泣いてるんだ？　俺」

自分の顔を生温かい液体が伝うのを感じる。

マジでなんでだ？　確かに神奈の話は本当に辛いものだったけど、でも……

「あっ、そういえば」

俺はこの体の元の持ち主のことを思い出した。

そうか、きっとこれは――

「錦小路の、涙か」

家に来ないかと尋ねた、その言葉もきっとそうだ。神奈と同じような境遇を辿《たど》った錦小路だからこそ、勝手に口から出たのだろう。共感だってきっとそう。

「錦小路も、いろいろ抱えてたんだな」

……まぁ、それを上回るクズだったけどな。

◇

「おはよう〜、錦小路くん」

耳元で囁《ささや》かれ、俺の意識は半分覚醒する。なんだこれ夢？　夢か？

だって神奈がいる世界なんて夢に決まって……

「ん〜、全然起きないなぁ、錦小路くん。あんまり起きなかったら添い寝しちゃうぞ？」

添い寝？　そんなの神奈だったら大歓迎……むしろ俺から頼みたいところだ。そんなことを考えつつ、俺はまだ瞼《まぶた》を閉じていた。だってこんな世界、夢に決まって……

「本当に起きない、どうしよ。えっ、で、でもさっきのは冗談だったし……聞こえてないよね。てか、そんな簡単に起きないよね。ぐっすり寝てるみたいだし」

うん、うんと一人で納得する声が聞こえる。なんだなんだ？　本当に添い寝してくれるのか？　都合のいい夢だなぁ。

「よ、よし！　いっちゃおう！　えいっ」

布団の中に、少し温かく柔らかい物体が入り込んだ。

「うわわ、本当に入っちゃった。本当に入っちゃったよ」

あわあわとする声。ていうか、やけにリアルな質感だな。まさか本物……なわけ。

「ふふふ、朝から人が隣にいるの幸せすぎる。てか錦小路くんってこんな感じなんだ～。ふふっ」

背中にかかった息がくすぐったくて、俺は寝返りを打った。

そのままぼんやりと目を開ける。

「あれ⁉」

神奈が軽く悲鳴を上げ、一気に覚醒した。

「神奈……？」

「はっ、名前呼び……じゃなくて、お、おはよう」

「おはよう。あっ、い、いや、佐々木さん」

自分の犯した失態に気づき、訂正する。ずっと頭の中では神奈って呼んでたせいで染みついちゃってるんだよな。

さて、これからどうするか……

慌てる俺とは対照的に、神奈は不満そうな顔を見せた。

「どうして苗字《みようじ》呼びに戻っちゃったの！」

「ご、ごめん？　だって急に名前呼びはキモいかと思って」

「別にキモくない！　てかそれはクラスメイトなんだから、あ、当たり前っていうか……」

「当たり前⁉」

陽キャの世界すご。

「当たり前じゃないけど……その……一緒にいる仲になったんだし、うちの中では名前で呼び合おう？」

「そっか。そうだよね。そうしようか」

とりあえず同意はするが、頭の中では混乱している。陽キャ、大胆すぎる。

「あ、あと今私がここにいるのは、なんでもないんだからね。起きなかった錦小路くんが悪いんだから」

「は、はぁ……」

「も、もう。ほんとになんでもないから！　リビングで待ってるから、朝ごはん食べに来てね」

それだけ言い残すと、真っ赤になった神奈は部屋から出ていってしまった。自分から潜り込んだくせに、恥ずかしくなったのか。さっきワタワタしてたのもそれを誤魔化《ごまか》すためだろう。

「……嵐みたいだったな」

マジでなんだったんだろ。

◇

リビングまで行くと、いい匂いがした。

「あっ、しっかりお目覚めだね、錦小路くん。おはよう～」

顔を覗き込むようにして、神奈が笑う。

「おはよう」

「エプロン勝手に借りちゃった～！　あ、あと朝ごはん、ご飯と卵焼きとお味噌汁《みそしる》だよ～。顔洗って歯を磨いたら運ぶからね」

「う、うん」

洗面所まで背中を押される。

……なんというか、神奈があやってエプロンをつけてたら、新妻みたいだなぁ……って俺何考えてるんだろうなぁ!?

邪念を振り払うためにも顔を洗う。

ちなみに邪念はもう一つあって、それはゲーム世界での神奈のことだ。向こうでは神奈はヤンデレキャラで尽くしがちではあったものの、ここまでしてくれていなかったと思う。というか、まぁ……家にいる間はずっとヤってるだけだったしな。つまり邪念はそういうこと。昨日の衝撃的な出来事から解放され、ゲーム内のラブラブイチャイチャシーンを思い出してしまったというわけだ。

「忘れろ忘れろ、俺……」

ここの神奈と向こうの神奈は違うからな。

昨日の話を聞いて、自分が想像していたよりもずっと繊細で、頑張っている女の子だって分かったわけだし。

「はぁ……」

クマが染み付いた顔を見てため息をつき、そのついでに深呼吸して、俺はリビングへと向かった。

「おかえりなさい！　さぁ、朝ごはんにしよっか」

昨日一日で少し落ち着いたのだろうか、目を腫らしているけど、それでも満面の笑みで、神奈は迎えてくれる。

「「いただきます」」

二人で手を合わせ、卵焼きへと箸を伸ばす。しょっぱい系でできたそれは、口に含むとじゅわっと出汁《だし》が染み出した。

「うっま」

「ほんと？　料理はわりと得意だから嬉《うれ》しいなぁ」

ニコニコと神奈が笑う。

ご飯もいい感じにふっくらだし、味噌汁も出汁の味がしっかりして美味《おい》しかった。

「こんな料理うまかったんだ……」

「最近作ってなかったけどね。ほら、両親が帰ってくるの遅いことが多かったからさ。小さい頃から自分で作ることも多かったし」

「そっか」

「あぁ～、これはあんまり深刻な話じゃなくて、わたしは感謝してるんだけどね。おかげで家事がうまくなったから」

「うん。めっちゃうまい。マジで初めてかも、こんな美味しい料理」

「ほんと……？　じゃあ良かった。人に料理作って食べてもらうってこんなに楽しいことなんだね。錦小路くんは美味しそうに食べてくれるし」

「そう、だな……自分の作った飯で、美味しいって言ってもらえたら嬉しいよな」

昨日のチャーハンを思い出す。

神奈に比べればうまい方ではなかっただろうけど、それでも神奈は何度も美味しいと言って食べてくれた。

「そういえばさ、聞いていいことなのか分かんないんだけど」

「体重とスリーサイズ以外だったらなんでもいいよ」

「ばっ、そんなん聞かねぇよ。……あぁそれで、今日の学校どうするのかと思って」

昨夜から気になっていたことだ。まだ〝火消し〟はされてないから、学校でもしばらくしんどいはずだ。女子は余計にそういうのに敏感だろうし。

「えー、スリーサイズとか興味ないの？　……まぁ、いいや。うーん。しばらくは忍耐かなぁ」

「自分から真実を話したりはしないの？」

「それはしてもしょうがないかなって。別にSNSバレしたりするのはいいんだけどさ、でも……信じてくれるか分からないし。昨日とっさに否定できなかったから、今日急に言い出すのは怪しいでしょ？　だから、頑張る」

「そっか……」

確かに神奈の口から話すのは信じてもらえないかもしれない。俺としては、信じてくれる可能性の方が高いと思うけどさ。でも昨日の様子を見る限り、ちょっとそうじゃない可能性もありそうだよな。

じゃあ、俺はどうしたらいい？

このまま何もできずに黙って見守る？　辛《つら》い思いをしている人を放っておいて？

「分かった。しばらくしたらたぶん大丈夫だと思うから」

「？　うん。そうだよね、しばらくしたら大丈夫」

頷《うなず》く神奈。そんな彼女を見届けてから、俺はお椀の底に残っていた味噌汁を啜《すす》った。

◇

神奈が家を出たのを見届けてから、俺も登校したけど、はっきり言って、教室の空気は最悪だった。

昨日とは違って、神奈の挨拶に誰も返さない。無関係な俺でも、かなり居心地が悪いと感じるくらいの空気感だ。

「ていうかマジでさ、神奈ありえないよね」

「普通にあんなおじさんと歩いてるのキモい」

微妙に陰口も聞こえてくる始末で、神奈は自分の席に座って俯《うつむ》いたまま、お気に入りのパンダのマスコットを、軽く撫《な》でている。このクラスは比較的派手な人が集まっているせいか、俺も話したことのないようなカースト上位の人間たちの悪意で教室中が支配されていた。

しかも、あの噂《うわさ》が駆け巡ったのは、俺のクラスだけじゃなかったらしい。休み時間になると、誰か知らない他のクラスの生徒たちがこっそり野次馬《やじうま》に来ていたり、他にも人は大量に集まってきていた。

ここまで来ると、たぶん噂に枝葉がついて、撤回するのは難しいだろう。神奈もそれを分かっているのか、特に何も言わないまま、一人でずっといる。

「なぁ楓、佐々木さんさ、どうするんだろうな」

「え？」

「一応今日学校には来てるわけだしさ、停学とかじゃないんだろ？　ってなったらさ、まぁ援助交際なんてしてるわけないわなって話で」

ここしばらく一緒にいてずっと思ってはいたが、案外成田は鋭い。

「でもほら、こんなことになっちゃったじゃん。どうするんだろうなって」

「あぁ……そうだな」

しばらく忍耐だと神奈は言っていた。

だけど、本当に、この空気で……？

そんなのは、あまりにも……

「しんどすぎるだろ」

俺が呟《つぶや》いた言葉に、成田も頷いた。

◇

その日の昼休み、野次馬の量がピークに達し、隣の隣のクラスのやんちゃだとかいう男子生徒が教室に乗り込んできた。

「佐々木神奈って、あんた？」

神奈の前に立ち、ぶっきらぼうに尋ねる。頷きもせずただ視線だけを上げた神奈に、男子生徒は目をすがめる。

「一回いくらなの？」

さすがにその質問には、教室中の空気が凍った。

女子も陰でいろいろ言うことはあっても、本人に対して何か言うことはなかったし、ましてやそんな下品なことは誰も聞かなかった。

神奈はしばらくその男子生徒をじっと見たあと、無視して立ち上がろうとした。当たり前だ。

男子生徒はそんな神奈の腕を摑《つか》むと、答えてくれないんだ、と笑う。

一触即発の雰囲気になり、神奈の目がじわじわと赤くなる。昨日あれほど泣けないとこぼしていた、神奈が。

俺は死亡フラグがどうとか考えるよりも先に体が動いていた。前の席の成田が「は？」と声を上げる。

錦小路楓は、中学の時、さんざん暴れていたらしい。喧嘩《けんか》では負けたことがなく、誰よりも強いらしい。ついでにこの高校において、誰よりも恐れられている、らしい。

「あ、あぁ、ごめんごめん。ちょっと気になってさ」

手に力を込めて無理やり神奈から手を離させる。ギリギリと力を込めると、さすがに相手も少し怯《おび》えるような表情を見せた。

「そもそも」

俺は不機嫌そうな口調で神奈に話しかける。できるだけ昔の錦小路楓っぽく。いくら俺が悪役になっても、それで場が収まるのならかまわない。

「あんたはほんとにやってたのかよ？　朝から周りがうるさくてさぁ、イライラするんだけど」

「えっ、あの……」

神奈は一度戸惑ったような表情をしてから続ける。

「ほんとにわたし、やってないです！」

さすがに錦小路に脅されたら本音が出るだろうという教室中の総意から、しんとなった。

それに加えて、神奈は経緯を説明し始める。

最初は嘘《うそ》だと決めつけていたような生徒も、神奈の話を聞くにつれどんどん顔を青ざめさせていった。

俺の賭けは成功だったらしい。

「ありがとね、錦小路くん」

やっと通常運転に戻り出した教室の中、神奈が俺にだけ聞こえるように小さく囁《ささや》く。

こうして神奈の波乱の援助交際事件は、静かに幕を閉じた。

◇

「俊一……？」

声をかけると、靴箱の陰から成田が姿を現す。

「話っていうか、なんていうかさ。別に大したことじゃないんだけど。掃除が終わるタイミング見計らって、ここで待ってた。悪い……あー、先ゴミ一緒に捨てに行った方がいいよな」

「そうだな。うん、確かにちょっと捨ててくるわ」

「いや、歩きながら話そう」

成田からの話がなんなのか。全く見当がつかない。

錦小路サイドの話はさすがに分からないが、あの破滅のストーリーの中でもこんな流れはあったのだろうか。緊張しながら、成田の隣を歩く。

「楓の好きな食べ物ってなんだったっけ」

「好きな食べ物……？」

急な意味の分からない質問に、疑問に思いつつ答える。

「あー、焼きそば、かなぁ」

「……だよなぁ」

成田は軽くため息をついて頷いた。

「ちなみになんだけどさ、錦小路の好きな食べ物は、オムライスな」

「は……？」

俺は思わず立ち止まった。成田の顔をまっすぐ見るが、真剣な面持ちだ。冗談を言っているようには見えない。

「お前、錦小路楓じゃないだろ」


ベンチに腰掛け、近くの自動販売機で買ったジュースを成田に渡す。

あの後、とりあえずとゴミを捨て、人のあまりいない、近くの静かな公園に来た。

「はい。俊一が好きなジュース、これだよな」

「うん。ありがとう」

ステイオンタブを開けて、一気にジュースを流し込んだ。

春の気温にはちょっと冷たいけど、おかげで少し冷静になることができた気がする。

「でもそれにしてもさぁ、なんで俺が違うって気づいたわけ？」

「最初に変に思ったのは、ホームルームで声かけた時だったかなぁ」

「あぁ、あれは自分でも怪しさ満点だと思ってたわ」

「もっといいやり方あっただろ」

そう言って成田が笑う。

「まぁなぁ。そこで怪しいとは思ってたんだけどさ、どっちかって言うと、その後かな。話し方も行動も何もかも変わっててさ。あの時は今まであんだけ悪さしてきた錦小路が勝手に変わってて、内心めっちゃキレてた」

「そりゃキレるわ」

「だろ？　なんでなんだよって。関係切って、オレが前の錦小路みたいに振る舞うことも考えた」

「そうだったんだな」

一瞬、想像する。

成田が闇堕《やみお》ちしているところを。俺と成田の立場が逆転しているところを。

俺は錦小路と一緒に死亡フラグに向かっていたかもしれない成田の命を救おうとして、実のところ関係を壊そうとしていたのかもしれない。

人の心の動きは、他人には分からない。成田の選択は成田にしかできないし、俺の選択は俺にしかできない。

ここはゲームじゃない。

俺が転生したことで原作とは話が変わって、俺が知るゲームではなくなった今。

――選択肢は、それぞれが、自由に選び取れるものに変わった。

「だけどさ、あと一日、あと一日って考えてるうちに、お前との関係がだんだん深くなっちゃったんだよな。……あとこれ、楓だけに言うんだけど、実はオレさ、小学校の頃、クラスメイトにいじめられてたんだよ」

成田の声色が急に変わる。

俺は居住まいを正した。

「毎日毎日酷《ひど》くてさ、いつか復讐《ふくしゅう》してやるってずっと考えてた。どうにかして、アイツらに一矢報いたい。その一心だった。でもオレは臆病だったから何もできなくて、結局逃げるように中学受験をしてこの学校に入った。中学ではカーストの上位に上り詰めよう、強者になろうってそう考えてた。まぁ、中学に入ったところで性格が急に変えられるわけないし、友達もできなくてさ、鬱々としてたわけ。そんなところに錦小路よ」

「あぁ」

ゲーム内では語られることのなかった、成田の過去。

思っていたよりもずっと重いそれに、真剣に耳を傾ける。

「お前はさぁ、学校に入ってきた時からほんと怖いもんなしで、上級生にも平気でつっかかっていったんだよなぁ。一番最初に起こした事件がさ、あれだよ。上級生の彼女が錦小路のこと勝手に好きになって、それにその先輩がキレて教室まで殴り込みにきたやつ。それでさぁ、錦小路、どうするのかなぁと思ったら、なんと殴り返したんだよな、その先輩のこと。それでボコボコにして、涼しい顔で、彼女に吐き捨てたわけ。『お前みたいなブスには興味ない』って。正直クズ極まりない行動だけどさ、オレは思ったんだよ。あぁ、圧倒的強者だって」

そんなことやってたのか、錦小路。

改めて、錦小路の無茶苦茶《むちゃくちゃ》ぶりと、クズっぷりに呆《あき》れる。

成田は懐かしむように目を細めて遠くを見ると、話を続けた。

「オレはなんとかして錦小路に近づきたいと思った。今なら幼い考えだって分かるんだけどさ、その時は強くなるために必死だった。絶対にいじめっ子を見返してやるんだって、それしか考えてなかった。それで、錦小路が喧嘩してる場面に立ち会ってさ、オレは何も言わずに喧嘩してる相手を殴ったんだよ。正直めちゃくちゃ怖かったし、どうしようもないくらい足もガクガクだった。でもそれ以上に——なんて言うか、爽快感みたいなものがあった。あぁ、オレはこれで人に殴られる人間から、それより上の人間になった。そう思った」

成田は一度そこで話を切った。

俺が渡したジュースをぐいっと飲み干す。

「それ、錦小路はどうしたんだ？」

クズな彼のことだから、一緒にシメるくらいのことはやりそうだ。むしろ、何もしない方が想像がつかない。

「あぁ、一言『めっちゃ面白いやつだな』って。それから、オレと錦小路の関係は始まった。とは言っても、オレがただ錦小路に付きまとってただけなんだけどな。正直錦小路がどう思ってたのかは知らない。別に嫌とも言われなかったし、まぁ本気でうっとうしかったら、なんか言われるだろと思って一緒にいたけど。あの時はなんだか夢の中にいるみたいで楽しかったなぁ。二人で、いっぱい悪いことをして、学年中のやつらに恐れられて、それでも反省しなかった。あの学校の中で、オレたちは圧倒的な強者だった……まぁ、錦小路の方が圧倒的に強かったわけだし、怖かったけどな」

錦小路と成田の関係がそんなものだとは思わなかった。

予想していたのは、成田が錦小路に弟子入りするとか、そういうの。ゲームでは憧れてたってだけで、詳しく語られてなかったからな。

勝手に親分と子分みたいな関係性だとか思ってたけど、本当はそこまでもなかったのかもしれない。

「楓に話しかけたあのホームルームの日さ、なんかやけに大人しいなとは思ってたんだよ。

佐々木神奈と同じクラスになったのに全く興味なさそうだし、真面目《まじめ》に自己紹介聞いてるし。まぁ、そもそも入学式の日から授業開始日までなんも問題起こしてなかったしな」

成田の話から、俺はみんなの反応が誇張されたものではないのを確信し始めていた。二日に一回は喧嘩《けんか》だのなんだのしていたんだろう。

錦小路楓は結局、『そしてセカイはあい色に』と同じように、どうしようもないクズだ。救いようがない、弁解の余地もない、クズ。

だけど、俺の中でその像を覆ったメッキが少しずつ剝《は》がれ始めていた。

「だから試しに、その前の合コンのことを聞いてみた。そしたらなんも覚えてないじゃん？　錦小路、記憶力良かったからさ、一回話した人のことは絶対忘れなかったんだよ。……まぁ、その時は別人になったとか考えずにただ性格が変わったのかと思ったよ。だけどさ、話を続けたら明らかに違う。変なところを知っていて、変なことを忘れてる。だからオレは、何回か今までについての話に嘘を混ぜてみた。思った通り、どんな嘘でも信じた。そこで、確信した。あぁ、こいつ、錦小路じゃないなって。それで、こうなったらしようがないとか、どうやって前に戻そうとか、戻らなかったら正直……おっと、これは言う必要ないな」

「気にしなくていいから、正直？」

「うん……正直、錦小路と立場を逆転させようと思った。そしたらこの学校で強者になれるっていうオレの願いは達成されるわけだし、何より、急にあんな感じになったのが腹立たしくてさ。高校からちゃんとするって何？　そしたらオレとの三年間はどうなるの？　急にお前だけ変わられても、オレどうしようもないし。どうしようって、どうすれば復讐できるかって。そればっかり。でもさ、そんなこと言うのはやっぱり怖くて、実際に何もできなくて。ずるずる関係続けてるうちに、めっちゃ考えてるうちに、オレ気づいちゃったんだよな。その、さ……」

「楓が初めてできたちゃんとした友達だなって」

「え……」

そんなことを言われるとは思ってなかった。第一、俺は頼れる人物が成田しかいなかったから、一緒にいたようなものだ。その中で、友達になりたかったという思いができたのは本当だけど。

「そしたらさー、なんか本当に嬉《うれ》しくて。こんな風に接してくれる人は久々だったし、経緯に問題はあれど、オレは楓の友達でいたいと思った。それにさ、一緒にいるうちに思ったんだけどさ、別に何も変わってないような気もするんだよな」

「何も変わってない……？」

「楓のことを見てるとたまに思うんだけどさ、錦小路だとしか思えない行動をしてる時があるんだよな。だからこう、別に錦小路もいなくなったわけじゃないんじゃないかって。別に楓は昔の錦小路に関しては何も知らないだろうし、なんも覚えてないんだろうけどさ」

「な、るほどなぁ。なんか難しい話……」

「感覚的な話ではあるんだよな。でも本当にそんな気がしてて、だからまぁ、一言で言うとさ、錦小路とオレがやってきたことってすごい不健全だったわけだろ。錦小路がどう思ってあんなことをやってたのかは知らないけど、オレはただ、弱くてさ。小学校の時のいじめがトラウマで、克服できなくて、ただただ力こそ全てだと思い込むようになって。人間の価値は強いか弱いかそれだけだって、暴力で全部解決しようとしてさ。結局オレがやってたことって、いじめてたやつとなんも変わんないのにな……まぁ、でも、それが分かったのはさ、楓がいてくれたおかげだから、これからもよろしくお願いしますっていう話」

何か照れくさいなぁと成田は笑う。

そうか、それで、成田は俺と一緒にいてくれたんだ。

じんわりと胸が温かくなる。気づいていた、成田は。それでも一緒にいることを選んでくれたわけだから、どう考えても強い人間だと思う。俺にはきっとそんなことはできない。

「……ありがとう」

「いや、聞けて嬉しかった。やっぱりさ、この世界いることに少し居心地の悪い思いはあったから」

「というわけで。オレの自分語りと長話に付き合わせてごめんな」

呟《つぶや》くように言うと、成田は頷《うなず》いた。

「おう」

「まぁ、普通急に変わったらそうなるよな。急に錦小路になってたのか？」

「あぁ。なんか朝起きたら違う人になってて……学生証とか、保険証から情報集めた。まぁ、事件が多すぎてそれどころじゃないって言ったらそうだけど」

さすがにこの世界が『そしてセカイはあい色に』というゲームの舞台だとは言えない。

成田は苦笑すると、立ち上がった。それにつられて、俺もベンチから立つ。

「ははっ。そうだな。ほんと入学式から、事件しか起きてないもんなぁ、ずっと。んじゃ、そろそろ戻るか」

二人して、公園から出た。そろそろ桜が葉桜になってきている。

あと一か月もすれば、夏が始まる。

エピローグ ―― Epilogue

例えば人々は、物語が終わったあとの登場人物たちについてどう考えているだろうか。

主人公、ヒロイン、またはヒーロー、悪役、そして名前を持たないたくさんのモブたち。

読者は物語の枠からはみ出た彼らの行く末など気にも留めないかもしれない。

だが、僕としてはそれが少々不満だ。

例えばエロゲのルート一つにしたって、彼らにとっての物語などほんの一部分で、そこから先には長い長い続きがある。誰も物語にはしない、普遍的な日常が待っているはずだ。

では、そもそもルートにすらならないヒロインはどうだろうか？

いわゆる負けヒロイン――彼女たちの主人公を失ったあとの人生は。

主人公以上に恋に落ちる相手を探すのか、もしくは主人公のことを一生想《おも》い続けるのか。

この世界で各々が自分の人生の主役で、各々がまた他人の人生の脇役だ。

物語という局面から見た主人公は、ヒロインたちにとっては脇役にすぎない。

長々と語ったが、要するに言いたいことは一つだ。

僕は『そしてセカイはあい色に』を作った人間として、『そしてセカイはあい色に』が世界一嫌いである。

◇

入学式の深夜、起きてすぐ、自分が才田奏《さいたかなで》に転生したことを確信した。

なよっとした見た目に、猫背。そして見覚えのある部屋。エロゲの主人公の部屋なんて、エロシーンのために無限に使われるからはっきりと覚えている。見間違えるはずがなかった。

「まずいことになった、のか……」

一人部屋でぼんやりと呟く。前世で死んだかどうかは正直覚えていない。ただ五徹目に入ろうとしていた記憶はあるから、やはり不摂生が祟《たた》って死んだのかもしれない。

実感はないが、とりあえず日付を確認し、僕はその日が『セカあい』の物語が開始される日だということを知った。

「急にこんなところに飛ばされてどうしろと……いや、これは僕に託された試練なのかもしれない」

日付が表示されたスマホの画面をそっとなぞる。

僕は前世でシナリオライターだった。『そしてセカイはあい色に』のシナリオを書き上げ、世に送り出した張本人だ。ヒロインの性格から主人公の背景まで、ありとあらゆることを考えた。ゲーム本編はおろか、ファンブックにまで載っていないことを僕は知っている。

そのうえで、今回の転生が決行されたのだとしたら。

「『セカあい』のシナリオを変えられる最後のチャンスになるのか」

ゲームとして売り出す以上、プレイヤーのことを第一に考えておかなければならなかった。

実際そんな風にキャラクターを形作り、物語に書き起こしたわけだが、気に入らない点はたくさんある。

しかし今、僕はここに転生した以上、自由にこの物語を書き換えることができる。

今回は第三の視点からではなく、主人公、才田奏として。

◇

僕が『そしてセカイはあい色に』を嫌っている理由はたった一つだ。

ゲーム本編では、主人公の成長に重きが置かれる。つまり、『セカあい』は後ろ向きな性格の才田奏が前を向けるようになるまでのハーレムラブコメなのだ。

だけどヒロインはどうだろうか。主人公が助けることはあれど、基本的に主人公に助言を与える存在として機能している。

僕の作った物語では、ヒロインたちの問題点が何も解決されていない。ヒロインは主人公を引っ張ったあと、自分のトラウマとか背景を抱えたまま、そのまま物語が終わるのだ。そんな状態だから、本当のハッピーエンドと言えるかどうかは少し怪しい。

「つまりはヒロインたちをうまく救えたらそれでいいんだが……」

僕はため息をついた。まだ頭がうまく働かない。転生してきたばっかりなのだ。それも仕方ないか。とりあえず明日からの学校の様子を観察してから考えることにして、僕はもう一度布団を被《かぶ》った。まだまだ分からないことだらけだが、僕はこの世界を作った張本人だ。どんな風に物語が元のルートから外れたとしても、うまく軌道に乗せることができるはず。

転生の件では思ったよりも心配しなければならない要素がなかったからか、僕は何かを考える間もなく、すぐに眠りについてしまった。

◇

僕がこの世界に転生してきてから、一週間が経《た》った。ここ最近は様子見に徹して、今後自分がどう動くかを考える時間に充てていた。

綾芽《あやめ》や神奈《かんな》、凪月《なつき》などに大きな動きはない。ただ、一つ気になることがある。

——錦小路楓《にしきこうじかえで》の存在だ。

原作では誰もかばうことのできないようなクズであり、主人公をいじめ続けたこの物語の悪役。

そいつが、どう考えても大人しい。毎日欠席することなく学校に来ているし、委員会活動などにもちゃんと参加しているらしい。クラスメイトたちからは避けられているから接しているような様子はないものの、それでも友好的に付き合っているように見える。

元の設定ではもっとヤンキーみたいだったというか、もっとカツアゲしたり殴ったりとかめちゃくちゃだったはずだ。

あまりにもおかしすぎる。考えるよりも先に、僕は一つの案に辿《たど》り着いた。

錦小路もまた、僕と同じようにこの世界に転生してきたのではないか。

逆にそう考えないと納得ができない。

仮説を立てた僕は今度は、錦小路に話しかけてみることにした。僕は、それなりに人を見る目があると自負している。

僕の考えでは、錦小路の中身は善良で普通の人間だ。気が強いわけでもない。

僕に話しかけられると少しタジタジしているし、カマをかけてみようと階段の踊り場について話に出してみたら、明らかに動揺した様子だった。

何度か話した結論としては、錦小路の中身は有害だというわけではない。むしろ死亡フラグを恐れて行動に制限がかかっている以上、僕が物語を動かすために存分に利用できそうだ。


教室中が盛り上がっている中、僕はこの世界に転生してきてすぐのことを思い出してため息をついた。結局、神奈に関してはあまりうまくいかなかった。錦小路が思っていた以上に動いてしまったからだ。

「また、考えるか……」

ぼんやりと呟く。

僕は、人生は選択肢で決まると思っている。

——僕は、見てみたいのだ。僕が僕なりの選択をした、この世界を。

◇

神奈の噂《うわさ》も下火になった頃、ピコンとチャットアプリが音を立てた。

通知のアイコンは、神奈のものだ。メッセージは、今から家に行ってもいい？

……そういえば、神奈にはいつでも家に来てもいいって言ってたっけな。

一瞬迷ってから、大丈夫だと返す。

すぐ行くねと返ってきて、五分後、チャイムが鳴った。この感じ、絶対家の近くまで来てただろ。

オートロックの鍵を開けると、しばらくして制服姿の神奈が家のドアを開けた。

「お邪魔します、錦小路くん。急にごめんね？」

「いや、俺も話したかったから」

半分事実で半分嘘《うそ》だ。

実際、あの後、神奈と話す機会は全くなかった。

学校では俺が恐喝した側だということもあって会話できないし、かといって神奈は家に来なかったし。このままもう縁も切れたかなと思ってたけど、案外神奈はすぐにこうして来てくれた。

ただ、俺としては神奈とこのまま疎遠になった方が、モブとしてはよかったのだが。

少々複雑な気持ちのまま、神奈と向かい合っている。

「はい。これ、つまらないものですが」

目の前にずい、と紙袋が出される。近くの美味《おい》しいと評判のケーキ屋のものだ。

「いや、いいよ。さすがに申し訳ないし。ていうか俺学校であんな態度取ってるし」

「それでもあの噂がなくなったのは結果的に錦小路くんのおかげでしょ？　受け取って」

神奈は無理やり俺の手を取ると、紙袋を握らせた。

「なか見てもいい？」

「どうぞどうぞ。結構悩んだんだよ〜？　あと、特別なプレゼントもあるから」

神奈に言われるがまま、紙袋を開ける。

まず、一番上にはやはり近所の店のケーキの箱が入っていた。

だけど、それ以上に目についたのはその下にある包装された何かだ。

それを手に取ると、神奈はいたずらっぽい笑みを浮かべる。

「もしかして、これ？　特別なプレゼントって」

「さぁ、どうかな？」

包装紙を丁寧に外していき、出てきたのは何かのカードだった。見た感じ凝ってはいるがどこか手作りっぽい。

「まじかる♥めいど……？」

「じゃん！　特別なプレゼントは、わたしが働いてるメイドカフェの初回無料カードです！　これはわたしが作ったんだけど、要するに奢《おご》りってことで。今度来てね？」

そういえば前の遠足の時に、メイドカフェに来てほしいとは言われていた気がする。まさかこんな形で念を押されるとは。

「分かった。予定とか合えば……」

さすがに主人公の役割を俺が強奪するわけにはいかない。それに、一人で行くのは恥ずかしすぎる。

俺の返答に神奈はちょっと不満げな顔をしながら、持っていた包装紙を指さした。

「ちなみに、もう一つあるから」

「もう一つ？」

確かに、包装紙にはまだ固い紙の感触がある。

ゆっくりと紙を剝《は》いでいくと、もう一枚、今度は手書きのカードが出てきた。

「なんでも家事やる券……？」

「そうです！　この前のいろんなことのお礼として、わたしがこの家の家事なんでもやる券。好きな時にいつでも使ってほしくて」

「いや、さすがにそれは申し訳ないというか……」

「わたしの気が済まないから。家事じゃなくてもなんでもしてあげるし。さっきのメイドカフェの券以上に豪華だからもらっとくべきだと思うけどなぁ」

神奈は髪をくるくるといじりながら、そう言った。

まさかの展開に動揺が収まらない。

そこまでのことをしたつもりはなかったし、神奈もどうせ家には来ないと思っていた。

「ちなみに、無限回使用できるからね」

追い打ちをかけるように神奈が笑う。

「無限回⁉」

「錦小路くんが誰かと付き合ったり結婚したりするまで、呼ばれたら神奈メイドがすぐに

「行きますよ〜っていう券だから」

 俺はモブに徹していたはずだ。

 ヒロインを家に呼んだり、そんなことのできないモブのはずだ。

 そもそもモブは、ヒロインと会話することさえできないし、できたとしてもたかが日常会話とか、物語にはなんの関係もないはずで。

「じゃ、じゃあ家事が大変な時に使わせてもらおうかな」

「かしこまりました、ご主人様。ちゃんと呼んでね？」

神奈は軽くお辞儀をする。さすがメイドカフェで働いているだけあって、その姿は板についていた。

「ごめんね。今日はこのためだけに家上げてもらって」

「いや、いいよ。暇だったし」

「なら良かったんだけど……じゃあ、そろそろお暇《いとま》しようかな～」

神奈は玄関の扉を開けかけて、そうだ、と向き直った。

「この前はほんと、ありがとね」

「あぁ、別にもういいよ」

本当にもう、あれで良かったとは思っていた。

俺が多少嫌われたけれど、神奈の噂も消えたわけで。そもそもこの世界で友達を作る気もなかったわけだし、クラスメイトから距離を置かれても、俺には特に損をすることはない。

物語において、悪役に一歩でも近づいてしまったというただ一点を除いて。

「錦小路くんのことさ、正直ずっと分からなかったの。中学の頃は恐喝だのなんだのけっこう事件を起こしてたし、よく女の子と一緒にいたし」

俺が転生する前の錦小路なんて、最悪でしかなかったはずだ。だからこそ神奈の、正直分からなかったという言葉が少し引っかかる。

「でもね、なんていうか、今回の件でさ……うーん。なんていうんだろ。今回のことで、今の錦小路くんのこと、よく分かった気がする」

「今の俺……？」

「そう。高校生になってからの錦小路くん。いろいろ言っちゃったけど、とにかくわたしはね、錦小路くんに救われたの。いつも全力で接してくれる錦小路くんに。本当に、ありがとう。お礼してもしきれないくらい感謝してる」

神奈は開けかけたドアを閉めると、深々と頭を下げた。

俺としては、そんなつもりはなかったのだ。ただ、ただそうしないといけないと思ったから行動しただけで。

「いや、頭上げて。大したことしてないし」

「ううん。わたし、ずっと感謝し続けると思う。それくらいのものを、錦小路くんはわたしにくれたの」

今度はちゃんとドアを開け、ひらひらと手を振った。

「じゃあね。またよろしく」

「うん。今日はありがとう」

「メイド神奈使うんだよ〜！」

神奈は最後にそれだけを言うと、ドアの向こうに消えていった。

怒涛《どとう》の展開で少し動揺が残っている。手元をもう一度見ると、この家の家事なんでもやる券、という丸っこい手書きの文字が目に入った。周りにはパンダのイラストなんかも描かれている。

「何回でも、ヒロインに家事をしてもらえる、ってやばいな……」

前世の俺が聞いたら羨ましさに泣くだろう。

豪華すぎるそれとケーキを一緒にテーブルまで持っていったところで俺は思い出した。

「今の俺、か……」

周りの人間から見たら、やっぱり俺は前の錦小路とは少し違うように映っているのかもしれない。

「とにかく神奈が救われたのなら、それで良かったか……」

俺がどんなに善行を積んだとして、モブになりきったとして、前の錦小路の行いが消えるわけじゃない。

ただ、それでも、神奈や成田《なりた》みたいに今の俺を見てくれる人はいる。

その事実にほんの少しだけ俺も救われながら、もう一度、神奈の手作りのカードを眺めた。

◇

教室のど真ん中、神奈が楽しそうに友達と話している。

神奈はあのあと、何度かうちに来た。

全然神奈の家事代行券を使わなかったら、ある日無理やり家に来た。それから、定期的に晩ごはんを作ってくれている。ここまでヒロインを家に入れるなんてことになるとは思っていなかったが、神奈が少しだけ嬉しそうだから、もう気にしないことにした。

しばらくしたら、飽きて来なくなるだろう。

「良かったな。佐々木《ささき》さん」

「あぁ。良かった……あの時はヒヤヒヤしたけどな」

俺と同じ方を見つめている成田にそう返す。成田は苦笑いした。ずっと錦小路の傍《そば》にいた成田にとっては、あの俺など錦小路の足元にも及ばなかったのだろう。

俺自身もできるだけ怖い顔をしたつもりだが、実際できていたかどうかは分からない。前世であんなにキレたことなかったし。緊張しすぎて変顔みたいになっていなかったかどうかが非常に心配だ。

しかしできるだけ取り繕ったあの態度でも効果は絶大だったらしい。俺は今、絶賛クラス中から怖がられている。他のクラスまで噂《うわさ》が巡りに巡って廊下を歩いているだけでヒエッとのけぞられる始末だ。

あの事件が収束した今、教室内は俺を除いて全体的に平和なムードが漂っている。それによく考えれば、これからしばらくは俺から関わらないかぎり錦小路とヒロインたちが接触するイベントはない。

「しばらくは安泰か」

「何が？」

「いや、なんでも」

いやぁ、モブとして学校生活を謳歌《おうか》できると思ったらほっとはするけど、少し残念だなぁ。

突然独り言を呟《つぶや》いた俺を、わけが分からないといった顔で成田は見つめた。

——あの日。神奈のために悪役を演じた日。成田は腹を割って話してくれたわけだが、そこからわだかまりがスルッと解けたように態度がフランクになった。前みたいに怯《おび》えている様子もない。

公園で話していた時はなんだかんだまだ考えがまとまっていなかったらしく、後日ぽつりぽつりといくつか話を聞いた。

話そうと決意したきっかけは、やはりというべきか神奈をかばった瞬間だったそうだ。いくら相手が美少女であっても、明らかに錦小路だったらしないこと。そして錦小路とは似ても似つかないような恐喝。何かの諦めがついたそうだ。

「それにしてもなんで楓は転生してきたんだろうな」

「あ〜」

俺は成田から目線をずらした。転生してくる前がどんな人間だったのかはもう成田に話した。だけど、まだこの世界がゲームであるということは説明していない。

「それは分からんな」

自分の生きる世界がゲームとして誰かにプレイされていたなんて知ったら気分が悪いだろうし。俺自身もゲーム内に転生した理由なんて分かっていないのだから、これからも黙秘していくつもりだ。

ふ〜ん、と成田は頷《うなず》いた。

「そういえば分からないといえば、結局佐々木の写真撮った犯人も分からなかったよな」

「クラスの人たちも誰も突き止められてないんだろ」

「分かりそうなもんだけどなぁ。でも写真だけしか手掛かりないか……」

「まぁ、誰か通りすがりで面白がって撮ったんだろ」

掲示板からは例の投稿は削除された。まだ話題として盛り上がってはいるが、さんざん焚《た》きつけたやつらは気まずいのか静かにしている。

──それよりも。

俺は教室の隅で静かにしている才田の方を見た。

神奈の掲示板を見て、一番動揺していたのは才田だったはずだ。思わず教室を飛び出していくほどに。

さすがにあの慌てぶりを見ると、才田が犯人だとは思えない。

となれば犯人は別にいるということになる。

「見つかったらいいけどな。一応あの写真もそいつがまだ持ってるわけだし」

成田の言葉に俺は頷いた。

同じ転生者だと分かった才田の目的が何かまだ分からない。ただし、才田の目論見《もくろみ》関係なく物語が変わってしまっているのは確かだ。

そもそも俺も、今のまま突き進んだら悪役に逆戻りなのだ。正直それが一番の問題だとも言える。

ため息をつきたいのをこらえて、朝礼の開始を告げた担任の方に向き直った。

◇

「なんか最近やたら大人しかったけど、結局錦小路は不良のまま変わってなかったんだな」

それが今の俺への印象だ。

遠足が終わる頃にはもう疎外感を感じていなかったのだが、神奈への言葉で完全に逆戻りした。

三木《みき》や山田《やまだ》とか、それなりに話した人たちが今回の件があってからも俺への態度が柔らかいままなのがまだ救いだろうか。とにかく、中学時代に錦小路の被害に遭った人たちを中心として噂がまわり、なんだかみんなが話す俺はとんでもないことになっているらしい。

「ねぇ、錦小路って不良だったの？」

廊下を歩くたびに人が避《よ》けるせいで某海を渡った人みたいになりながら辿《たど》り着いた図書室で、凪月は首を傾《かし》げた。今日は週に一回ある委員会の当番だ。

「うーん。あ、足洗ったたって感じ……かなぁ……」

答えづらい質問に微妙に誤魔化《ごまか》して返すと、凪月は気まずそうな表情になった。

「……今まで足洗ったことなかったの？」

「いや、さすがに毎日洗ってる。なんていうか、不良……だったのかもしれないけど、真面目《まじめ》に高校生活を送らないとなって思って。周りにも迷惑かけるし」

「そっかぁ。なんか錦小路がさ、実は体に大きな鯉《こい》の刺青《いれずみ》入ってるとか、実はヤクザの秘密の若頭だとか、その時殺人を犯してるんじゃないかとか、いろいろ聞いて」

それもう不良とかいうレベルじゃなくないか……？

俺よりも交友関係の広い成田から話を聞いてはいたが、ここまでだとは思わなかった。

もはや関わったら危なそうな噂を聞いて楽しげに話している凪月がむしろ不思議なくらいだ。

「その噂流してるやつがいたら、お願いだから訂正しておいてくれ。俺は刺青も入れてないし、ヤクザも関係ないし、今のところ刑務所に入るようなこともしていない」

いや、刑務所に入るようなことはもしかしてしていたのか……？

俺が『セカあい』に転生してきた前の錦小路については正直確信が持てない。

慌てる俺とは対照的に凪月はいたずらっ子のような表情で笑った。

「さすがに信じてないよ。だって錦小路と話してたらそんなことする人じゃないって分かるもん。この前図書室に遅れてきた時もものすごく謝ってくれたし」

「だってそれは俺が悪かったからなぁ」

「ううん。ちゃんと謝って真面目に委員会活動するのは偉いことだよ」

凪月は俺の頭へと手を伸ばした。だけど、微妙に届かない。

身長差があるのだから当たり前だ。

うーんと不満げに凪月は背伸びをすると、俺の毛先にだけそっと触れた。

「ほら、なつきがよしよししてしんぜよう」

「いや、委員会活動するのも当たり前なんだから」

本格的に頭を撫《な》でられる前に少しあとずさりする。

凪月だってエロゲのヒロインなのだ。今みたいに距離感が縮まるのは心臓に悪すぎた。

「そうかなぁ。そんなことないと思うんだけどなぁ」

「ほら。早く仕事しないと。今日はちょっと量多いし」

はい、と凪月に元の書架に戻さないといけない本を渡す。

「は〜い」

凪月は受け取ると、本の分類を確認し始めた。これでどうにか気を逸らせたかと安心したのもつかの間、あ、と声を出す。

「そういえば委員会は別として、今度生徒会の選挙あるらしいね」

「生徒会の選挙……？」

「そうそう。ゆっかの友達が立候補するらしくて。ちょうど今日の朝話聞いたんだよね」

「あぁ、そういえば朝担任が放課後なんか話するって言ってたな」

「でしょ？　一年生から立候補する子いるのかなぁ」

俺の覚えているかぎり、生徒会選挙は『セカあい』のストーリーにもあったはずだ。

入試でトップの成績だった綾芽はもちろん、二位だった才田も教師から推薦を受けて立候補する。

錦小路は特に何もすることなく、ここでは綾芽にやたら絡むのにとどまる。綾芽と才田が生徒会選挙で選ばれてから、二人の仲を邪魔するべく手を出し始めるのだ。錦小路が才田をいじめ始めるのは、綾芽ルートだと生徒会として本格的に活動し始めたあたりだっただろうか。

「まぁ、いそうだけどなぁ」

「そうだよね。すごいなあ、一年生から」

「だよなぁ。全校生徒の前で演説しなきゃいけないし」

錦小路に転生した以上目立つのは許されないわけだが、そういうハンデを除いても俺には大勢の前で話をしたりする勇気はない。

「錦小路はちょっとだけ立候補しそうだと思ってた」

「いや、絶対しないな」

前世を思い返しても、とくに目立つような行動をしたことはない。モブ気質なんだから当たり前だ。

「ちょっとお二人さん、さっきから喋《しゃべ》りすぎ」

会話の片手間に本の整理をしていると、本棚の陰から生田《いくた》が現れた。隣には成田もいる。

生田と成田はなんだかんだうまくやっているらしく、二人でライブに行ってからも何度か遊びに行っているらしい。成田の破滅エンドも知っている身からすると喜ばしいかぎりだ。

「ごめんゆっか。ちょっと話が弾んじゃって」

「……まぁ、いろいろあったもんね」

生田はどこか同情するような視線を俺に向けた。おそらく成田から詳しい話を聞いているのだろう。

そこからは適度に話しつつ、チャイムが鳴るまで四人で作業を続けた。慣れてきたのもあってか、かなり手際が良くなっているのを感じる。

……それにしても、凪月のクラスまで話が回っているのか。

——悪役ムーブをして死亡フラグにまっすぐ突き進んでいるという意味では、かなりやばいんじゃないか？

◇

悪評が予想以上に広まったことを考えると、俺はとんでもないことをしてしまったのかもしれない。

あの時はもう自分なんてどうでもいいという思いで声を上げていたけど、今になると、後悔しかない。いや、後悔しているわけではないんだけど、もっと良いやり方があったんじゃないかとどうしても考えてしまう。

生徒会の立候補と選挙の日程について話している担任の話を右から左に流しながら、俺は頭を抱えた。

完全に悪役になってしまった。もはや主人公にとっての悪役とかいうスケールじゃない。物語の舞台においての立派な悪役だ。

「ですから、立候補者の締め切りが来週なので、それまでに立候補するかどうかを考えておいてください」

担任はそう話を締めくくり、クラスの中もなんとなくざわざわとする。

「一年から立候補するなら花野井《はなのい》かな。学年一位の秀才だし」

配られたプリントを眺めながら、成田がそう呟《つぶや》いた。

綾芽は転生者ではないわけだし、立候補は当然するだろう。問題は才田だ。

才田の目的はまだ全く分からない。俺をヒロインから遠ざけようという意識は感じるが、そのうえで才田自身がどう行動したいのかは正直見当もつかない。

俺だって今は悪役みたいな立ち位置になってしまったわけだし、才田にはできるだけ物語通りに動いてほしいところだ。

ぽつぽつと生徒が帰り始め、俺たちもそろそろ帰ろうかと席を立つ。その瞬間だった。

「あの」

教室の前方の扉から一人の女子生徒が教室の中を覗《のぞ》いた。銀髪のロングに、同じ人間とは思えないほど整った顔、そして印象的な青色の瞳。

一人だけ異色を放っている。間違えるはずもない。綾芽だ。

クラスメイトたちもさっきとは比べられないほど騒々しくなる。

「ここ、七組の教室で合ってますか？」

◇

綾芽の登場に戸惑っているらしい生徒たちは、一瞬置いてからコクコクと頷《うなず》いた。

綾芽はその様子を見てから、誰かを探すようにキョロキョロと教室内を見渡す。綾芽ほどの高嶺《たかね》の花ともなれば人脈も広そうだが、なんだか嫌な予感がする。

「珍しいな花野井が他の教室来るなんて」

「俺も聞いたことない」

このクラスに綾芽の親しい友達がいるという話は今のところ知らない。つまりは友達に会いに来たというわけではないはずだ。

才田と初めて会うのも生徒会選挙の時だから、お互い知り合いだとは思えない。

ダラダラと冷や汗をかきながら綾芽を眺めていると、ふと綾芽がこちらを向いた。さっきから何度も言っているが、なんだか、とても嫌な予感がする。

綾芽はぱっと明るい表情になると、早歩きで俺と成田の方へ向かってきた。

「錦小路さん……！」

教室内は水を打ったように静かになった。

まるで凍ったような空間の中で、綾芽だけが何も気にしていないように近づいてきた。てっきり、とうに噂《うわさ》を聞いて避けられると思っていたから名前を呼ばれ辟易《へきえき》とする。綾芽は神奈とのあの噂を知らないのか？

「探していました。昼休みに何度か覗いていたのですが、見つけられなかったので」

「あ、あぁ……確かに昼休みは教室にいないからな」

「やっぱりそうだったんですね。だから今日は放課後を狙ってきてみたんです」

成田は状況が呑《の》み込めないといったように、何度も俺と綾芽の顔を見比べた。

いまだ沈黙が続いている中、綾芽はいたって真剣な表情だ。

「え〜っと、それでなんの話？」

「はい！　さきほど担任の先生から聞いたと思うんですが、生徒会の立候補への締め切りが来週なんです」

「確かにさっき聞いたな」

　隣の成田も戸惑いつつもうんうんと頷く。教室中の、なんでお前が花野井さんに話しかけられているんだという無言の目線が痛い。

「それでなんですけど、錦小路さんも生徒会に立候補しませんかというお誘いで。私、すごくぴったりだと思うんです。私以上に。それに錦小路さんと一緒に生徒会でお仕事してみたくて」

　さすがにその言葉には、教室中からブーイングが飛び交った。

　神奈の取り巻きの女子の一人がつかつかと綾芽に向かって歩いてくる。

「あの花野井さん。錦小路くんはちょっと……なんていうか、そういうのあまりしたくないんじゃないかな」

「そうだぜ。あんまりそういう仕事とかは嫌だって前言ってたからな」

「俺も生徒会には花野井さんが適任だと思うかな。だって文武両道でなんだってできるし」

　たぶんみんな、錦小路楓が学校内で権力を持ち、やりたい放題されるのが嫌なのだ。確かに俺自身も、『セカあい』の錦小路のことを考えたら、想像するだけでも嫌だ。

　まぁ、最初は錦小路が絶対に当選する出来レースになり、次に教員と金を使って自分に都合のいい校則だかなんだかを作り、果てには嫌な印象操作とか陰湿なことをやり出すだろう。目に見えている。

「それに……」

さきほど綾芽の目の前までやってきた女子生徒は、才田のことを指さした。

「もし花野井さんが誰か一緒に出たいと思ってるなら、うちのクラスだったら錦小路くんよりも才田くんの方がいいと思うよ。みんなのことまとめてくれるし、成績もいいし」

ね？　という女子にみんなが頷く。

原作では考えられないほどの人気と信頼ぶりだ。

見た目にそんな変化はないが、才田は完全にクラス内のカースト上位に位置していた。

綾芽は急にすごい圧で問い詰められ、戸惑っているようだ。

えっと……、何度も繰り返し、ごくりと唾を飲み込んでから顔を上げる。

「あの、私はそれでも、錦小路くんに立候補してもらいたいと思って」

俺の何がそんなに気に入ったのかは分からない。でも彼女の中で俺に立候補してほしいことはゆるがないらしい。

だんだん大事になってきて緊張してきたらしい綾芽を助けるためにも何か一言いいたいところだが、あまりに間が悪すぎる。というより、お前が言うなと一蹴されてしまいそうだから気まずくて口を開きにくい。

膠着《こうちゃく》状態になっているらしい。もはや誰も何も話さない。

俺はひとまず、すぅ、と息を吸った。

「なんで推薦してくれてるのかは置いといて、俺は立候補するつもりはない」

「でも……やってみたら気が変わるかもしれないし」

俺のどこを見てそんなに期待してくれたのかは分からないが、綾芽はかなり本気のようだ。教室に入ってきた時よりも表情は真剣で、もはや怒っているのかと思ってしまいそうなほど。

美人の怒った顔は怖いというように、綾芽の切実な顔に、思わず頷いてしまいそうになる。

ただ、俺としては絶対に生徒会になんか入りたくない。それだけは譲れない。

たぶん才田は確実に生徒会に入るだろう。何を考えているか分からない才田ともう関わりたくないし、原作のストーリーがまるまる変わると、今後どうしたらいいか分からなくなりそうだ。

生徒会に入ったら確実に死亡フラグが高まるとかいうレベルの話じゃなくなる。俺は絶対に、絶対に今世では長生きしたいのだ。家族に囲まれて、孫に看取《みと》られて死にたい。

「ごめん。これはもう決めたことだから」

「なんだか錦小路さんはすごく人のことを見てると思うから、どうしても一緒にやってみたいんです。お願いなんです」

教室の斜め後ろの方を見やる。才田はこちらのことをじっと見つめているだけだ。何か言いたげな様子はない。

俺はごくりと唾を飲み込んだ。これ以上ねばってもしょうがない。

そうだよな。みんな困ってるし。誰かが動かないと。

「俺さ」

一度そこで言葉を切る。成田は相変わらず俺と綾芽を交互に見ていた。

ヒロインの前でこんな口調になってしまったら、もう俺は悪役確定だろう。しかもこの
「生徒会とか一番ダルいから嫌なんだよな」

前とは話が違う。神奈の時はかばってくれたんだと察してくれていたが、今回は、何も知らない綾芽の前で悪役を演じている。

迫りくる死亡フラグは怖い。怖いけど、それ以上に、俺が悪役になり切った方がコトはうまく進む。綾芽がなんで俺に声をかけたのかだけが微妙に疑問として残ってしまうけど、それも綾芽のヒロイン補正が入っていい具合に話としてまとまるだろう。

ここで俺が柔らかく断っても引き下がらなそうだし、やっぱりこの路線の方がうまくいく。俺は自分に言い聞かせた。

「なんでそんな勧めてくんのか分かんないけどさ、正直めんどくさいからやめてほしいんだわ」

綾芽の顔はさすがに見れなかった。

今まで、ただ俺が助けるという関係性もあったけど、ここまで言ってしまったら、かなり傷つけてしまうだろうか。

周囲のやつらもさすがに言いすぎだと口を揃《そろ》えた。自分でもそう思う。

「……なんていうか、自信ないのかもしんないけど、とりあえずあんたはこんなに人が集まるくらい人望があるんだから、一人で立候補したらいいんじゃないの？　俺はやりたくないんだから、無理やり勧められても困る」

付け足すようにそれだけ言って、荷物を持つ。

これ以上何か傷つけるようなことは言えない。とっさに出てきた対策だったけど、かなりきつめに突き放した自覚はある。

綾芽は俺の席の横に突っ立ったままだ。成田は俺のあとにはついてこなかった。

もう授業が終わってからだいぶ時間が経《た》ったのもあって、人がまばらな廊下を進む。

綾芽はさっきので俺に失望して、もう話しかけてくることはないだろう。

そもそもモブになりたいのに、ヒロインと関わっている方がおかしかったのだ。逆に関係性がリセットされるくらいで良かったかもしれない。

間違っても残念などと思ってはいけないのだ。

それよりも今は降りかかってきた死亡フラグをはねのけることの方に意識をさかないと。

つかつかと廊下を歩き続けていると、後ろの方から「あの！」と少し高い声が響き渡った。

「錦小路さん、さっきは無理に誘ってごめんなさい。錦小路さんの言う通りでした。でも、それだけじゃなくても、話したいことがあったんです」

震えている語尾は、入学式の日を彷彿《ほうふつ》とさせた。

振り返ると、少し髪を乱した綾芽が息を切らしている。ここだけは、入学式の日と対照的だったかもしれない。

「そういえば、聞きましたよ。錦小路さん、なんだかとても怖かったって」

無理やり作ったような、優しい笑みを浮かべている。

その表情ではっとした。綾芽はおそらく分かっている。

わざと俺があんな態度を取ったのだと。

「まぁ、あれは……いや、そんなことなくて」

とりあえず否定すると、綾芽は首を横に振った。

「そうじゃなくて、言いたいことがあって、その……」

ふぅ、と息をついてから綾芽は話始めた。

「錦小路さんは、すごいんです。人を助けるために、あんなに一生懸命動いて」

何も返すことができずに、ただ黙りこくる。綾芽はそれを肯定と受け取ったのか否定と受け取ったのか、もう一度口を開いた。

ずっと表情は取り繕っているようで、いつもの自信ありげなものとは全然違う。まるで迷子の子どものようだとさえ思ってしまうほど。

「私とは、全然違うんです……錦小路さんとは違って、私はただ、やらなきゃって思ってるだけで」

そう言ってさらに視線を下げる綾芽に、何か言わなきゃと変に気が焦る。俺は悪役なのに。今はきっとモブですらない、悪役なのに。彼女に言葉をかける資格はないはずなのに。

脳裏に浮かぶのは、『セカあい』をプレイしていたあの瞬間だ。あのセリフに感動した瞬間。俺も変わろうと思った瞬間。

一度息を吸った。言わなくてもいいかもしれない。余計かもしれない。

ただ俺も、変わったのだ。あの時の、〝綾芽〟の一言に、変えられた。

変えられて、救われて、この世界に来て、だから乗り越えられた。

きっと綾芽に伝える必要はないはずだけど、ただ、俺は俺の、けじめとして言いたい。

綾芽の目をまっすぐに見る。救われたと言ってくれた神奈を思い出しつつ、俺は口を開いた。

救おうなんて傲慢なことは思っていないけど、ただ、何か言葉をかけられたなら。

「俺、大切にしてる言葉があってさ……その、すっごく尊敬してる人が言ってたことなんだけど、自分が嫌いじゃない自分でいようって。そのために頑張ってるって」

ゆっくりと綾芽の目が見開かれていく。

「俺もそうしないとなって思ってて、でもやっぱそれは難しいんだけど、なんていうかさ……まぁ、やらない善よりやる偽善って言うし、その方が気持ちいいから、まぁ結局自分のため……なんだけど」

うーん、と言葉にしづらくて頭をかく。

「とにかくなんていうか、花野井さんはきっと自分が思ってる以上に人のこと考えてるんだろうし、俺もそんな感じだからさ、花野井さんは、たぶん俺と何かするんじゃなくて、花野井さんの思った通りにした方がいいと思う。だから俺は生徒会の仕事をやりたくない」

綾芽は何度も瞬《まばた》きしつつも、黙ったままだ。

そんな彼女の様子を見ながら、俺はこの一か月間のことを思い出していた。

エロゲの悪役に転生したからモブになりたかった……けども。

結局、俺はうまくやれていただろうか。

なんだかんだ登場人物たちとはがっつり接触してしまったわけだし、今もこうして綾芽と話しているしで、モブになれていたのかは分からない。

最初に綾芽にメモを届けた時から、死亡フラグは折れてないいんじゃないかという不安と後悔は消えていない。

しかもさっきもああやって悪役を買って出てしまったわけで……より一層死亡フラグに向かってしまったんじゃないのか⁉

最悪な未来を想像して俺が頭を抱える横で、綾芽がさきほどの寂しそうな表情を一転させて微笑《ほほえ》んだ。

「そうですね……でもなんというかそういう優しさが、錦小路さんらしいです……！」

「俺らしい……？」

意外な言葉に顔を上げた。あの言葉はただの受け売りにすぎない。だから、まさか俺らしいと言われるとは思っていなかった。

「はい。自分のためって言いきってしまうところとか。ずっと私が知っている錦小路さんのままです」

俺は特別優しい人間でもなければ、出来た人間でもない。

――だけど……受け売りの言葉を自分らしいと言ってもらえたなら、少しは頑張ったかいがあったのではないだろうか。

俺が転生してきたのかどうかは今はおいておいて。無駄になってしまっていたんじゃないかと思っていた前世は、もしかしたら、ちゃんと今世でちゃんと活《い》きているのかもしれない。

綾芽に分からないように、ほんの少しだけ嬉《うれ》しさを噛《か》みしめた。

俺は今たぶん、死亡エンドに向かってしまっている。

登場人物にどんどん接触して、悪役だった頃の錦小路楓に戻ってしまったし。

これからだ。これからもっと、「清く正しくモブらしく」を守って、頑張らないといけない。

俺はぎゅっと手に力を入れると、さっきまでとは違って柔らかい表情になった綾芽に、不器用に笑いかけた。

あとがき
Afterword

初めまして。時雨《しぐれ》もゆと申します。

このたびは本作『エロゲの悪役に転生したので、モブになることにした』をお手に取っていただき、誠にありがとうございました。

この物語は、一枚のルーズリーフから始まりました。

困っている人を助けずにはいられない、お人好《ひとよ》しな主人公。そんな主人公が、死亡フラグしかないエロゲの悪役に転生してしまい、モブでいたいのに、ヒロインたちを助けてしまう。

そんな錦小路《にしきこうじ》楓《かえで》という人間の設定と、綾芽《あやめ》、神奈《かんな》、凪月《なつき》についてだけ記されたルーズリーフはどんどんと数を増やしていき、今では二十枚ほどになりました。

もともとウェブで連載させていただいていた本作ですが、今回第8回カクヨムウェブ小説コンテストで特別賞に選んでいただき、書籍化のお話をいただいたうえで、いくつか大きく変わっている点もございます。

主人公とヒロインの些細《ささい》な会話に始まり、才田《さいた》の考え、綾芽との出会い、など、今回物語を見つめ直させていただいたうえで、悩み傷つき、成長していく登場人物たちが、どうしたら輝けるのかを考えた結果、もともとのハーレムラブコメという要素に、主人公たちだけじゃない、成田《なりた》、そしてヒロインたちの青春という要素が一つ、加わった次第です。登場人物たちの成長を温かく楽しんで見守っていただけるような、そんな作品に仕上がったのではと思います。


それではそろそろ、謝辞を述べさせていただきたいと思います。

担当編集様。物語を紡いでいくうち、話の展開に右往左往してしまい、たくさんご迷惑をおかけいたしました。ご相談にのっていただき、的確なアドバイスをいただいたことで、この物語が生まれました。感謝してもしきれないほど、たくさんのことをしていただきました。本当にありがとうございました。

本作のイラストを担当してくださったういり様。初めてキャラデザを拝見した時は、あまりの美麗さと、想像していた通りの登場人物たちに声を上げてしまいました。素敵なイラストで、錦小路に、綾芽に、神奈に、凪月に、そして才田に姿と色を与えていただき、本当にありがとうございました。

たくさんの方々に支えられて、この作品は生まれました。本作の出版に関わっていただいた方々には足を向けて寝られません。

そして、「エロゲの悪役に転生したので、モブになることにした」を手に取っていただいた読者の方々。心より感謝申し上げます。楽しんでいただけましたら幸いです。

最初に申し上げました通り、この作品は一枚のルーズリーフから生まれました。たくさんの方々の手を貸していただいて、紙面の登場人物たちが動き出し、物語になって、こうして一枚のルーズリーフから一冊の本として出版させていただくことができました。

本当に本当に本当に、ありがとうございました。

また機会がございましたら、どこかでお会いしましょう！　それでは。

エロゲの悪役《あくやく》に転生《てんせい》したので、モブになることにした

著　時雨《しぐれ》もゆ

角川スニーカー文庫　24339

2024年10月１日　初版発行

発行者　山下直久

発　行　株式会社KADOKAWA
〒102-8177 東京都千代田区富士見2-13-3
電話　0570-002-301（ナビダイヤル）

印刷所　株式会社暁印刷
製本所　本間製本株式会社

Printed in Japan　ISBN 978-4-04-115432-8　C0193

★ご意見、ご感想をお送りください★
〒102-8177 東京都千代田区富士見 2-13-3
株式会社KADOKAWA　角川スニーカー文庫編集部気付
「時雨もゆ」先生「ういり」先生